NICOLE SIMON

El Fantasma del Rancho Parkview

Una Historia de Amor Entre Vaqueros

Contents

Capítulo 1: Tragedia

Melissa descorre las cortinas de su dormitorio y las abre de par en par para ver cómo está el día. Afuera todavía está oscuro, pero el amanecer siempre ha sido su momento favorito del día. Siempre se levanta justo antes de que el sol esté a punto de salir y se prepara un café mientras se sienta en el porche a contemplar el amanecer. Una vez hecho esto, se pone a trabajar en el rancho de su familia.

Era la misma rutina todos los días, pero hasta ahora nunca se había cansado de ella. Sentada en el porche, da un sorbo a su café y sonríe cuando el cielo comienza a mostrar sus cálidos remolinos rojos y naranjas pintados en el cielo de Montana. Sonríe al terminar su café y deja la taza en la cocina antes de dirigirse a los establos.

En cuanto pone el pie en la entrada, su caballo, Dusky, empieza a relinchar y a trotar excitado. Melissa se acerca a él y le pone suavemente la mano en el hocico. "Hola, chico", le dice antes de besarle la frente. "¿Estás listo para montar hoy?".

Dusky relincha y Melissa se ríe mientras se ajusta el sombrero vaquero azul claro antes de abrir el establo y entrar a prepararlo. Tarda unos minutos en prepararlo todo y en asegurar la silla y las riendas, y cuando termina, tanto ella como Dusky están impacientes por ponerse en marcha.

Melissa saca el caballo de los establos y se encuentra con su hermano Mark. "Buenos días", le dice. "¿Tienes mucho que hacer hoy? Si no, estaba pensando que podríamos dar un paseo juntos más tarde".

"Ya te contaré", responde él. "Quiero hacerlo, pero papá dice que hay muchas cosas que hay que hacer hoy, ya que pronto saldrá de la ciudad".

"Ah, sí. Olvidé que esta semana tiene una reunión sobre las gallinas. ¿Crees que está pensando en comprarlas?".

"Eso espero", dice Mark riendo. "Unos huevos frescos estarían muy bien. Ni siquiera me importaría cuidarlas, con tal de conseguir huevos gratis".

Melissa se ríe. "Bueno, si cambias de opinión, ven a buscarme". Le saluda con la mano antes de darse la vuelta y empezar a dirigirse hacia el prado. Abre la puerta y conduce a Dusky al interior antes de cerrarla tras de sí. Una vez dentro, se sube a la silla y empuja a Dusky para que empiece a andar. "Sabes, hoy es el día en que planeo llevarte al sendero, ¿verdad? "Primero tenemos que asegurarnos de que estás listo".

Le da una suave patada en el costado y el caballo empieza a trotar por el prado con elegancia. A Melissa siempre le ha gustado montar a caballo, y no recuerda ningún momento en que no fuera lo primero que hacía por la mañana. Incluso después de 34 años, nunca se ha cansado de cuidar de sus caballos. No recuerda ningún momento de su vida en el que no se ocupara de ellos, y le sigue encantando.

Después de trotar unos minutos para que Dusky entre en calor, desmonta y se acerca a la puerta. Su padre se acerca y le hace señas para que espere. Parece sin aliento y Melissa frunce el ceño. "¿Pasa algo?

El padre niega con la cabeza. "No, pero a tu madre le gustaría verte, y quería pillarte antes de que tú y Dusky os largarais".

"Oh, bueno, gracias por avisarme", dice antes de volver a mirar a Dusky. "¿Estarías dispuesto a quedarte con él mientras hablo con mamá?".

Él asiente. "Yo también estaría encantado. Pero no tardes mucho, porque yo también tengo que irme pronto".

Melissa sonríe y le da las riendas. "Gracias", dice antes de volver a la casa. Cuando entra, huele a bacon recién hecho y a cualquier otra cosa que su madre haya preparado para desayunar.

Cuando Melissa entra, su madre está de pie junto a los fogones, removiendo una olla, y parece completamente concentrada. "Me han dicho que querías verme".

Al oír su voz, la madre de Melissa se gira para mirarla. "Sí, me alegro de haberte pillado antes de que te fueras. Hay algo de lo que esperaba hablar contigo".

A Melissa se le seca la boca al escuchar a su madre. Sabe tan bien como cualquiera que no es nada bueno que su madre quiera hablar de algo. "¿Qué pasa?", pregunta con cautela.

"Sé que tienes planes, pero esta mañana me he dado cuenta de que nos hemos quedado sin patatas y las voy a necesitar para hacer la cena. Si no te importa pasarte por la tienda de camino a casa para coger algunas cosas, te lo agradecería mucho".

Una oleada de alivio invade a Melissa al darse cuenta de que no está en problemas. "Claro, puedo hacerlo", responde. "No pienso estar fuera mucho tiempo, así que puedo traerlas conmigo de camino a casa".

Su madre sonríe cálidamente. "Gracias", dice antes de meter la mano en el delantal, sacar unos cuantos billetes y dárselos a Melissa, que los coge y se los mete con cuidado en el bolsillo trasero.

"Volveré pronto". Melissa besa a su madre en la mejilla antes de darse la vuelta y salir de la casa para volver con Dusky.

Cuando regresa junto a su padre y Dusky, una amplia sonrisa se dibuja en su rostro. "Mira eso. Dusky ya te quiere", dice con una ligera risita. "Dicho esto, a mamá le gustaría que parara a comprar algunas cosas de camino a casa, así que puede que esté fuera un poco más de lo esperado".

"¿Seguro que no quieres llevar a nadie contigo?", pregunta él. "Me preocupo por ti cuando te vas sola".

Melissa niega con la cabeza. "No me pasará nada. Además, tengo a Dusky conmigo para mantenerme a salvo".

Sonríe mientras desmonta del caballo y le entrega las riendas. "Vale, mientras estés a salvo, me parece bien". Se vuelve para mirar a Dusky. "Recuerda, es tu trabajo cuidar de ella", le dice al caballo.

Ella se ríe en respuesta antes de montar a Dusky y volver a comprobar que tiene todo lo que necesita. "Te quiero", le dice a su padre mientras abre la puerta para que pueda sacar a su caballo del prado.

"Yo también te quiero", responde su padre mientras cierra la verja tras de sí.

Sin perder más tiempo, Melissa emprende el camino. Hacía mucho tiempo que no montaba así. Su sensación favorita es la brisa que le corre por el pelo mientras respira el aire fresco. A medida que avanzan por el sendero, la hierba se hace un poco más larga. Como nadie es dueño de la propiedad vecina, el patio tiende a descontrolarse.

Por suerte, no es un camino largo de recorrer. Recuerda la primera vez que recorrió el sendero y sonríe. Las cosas habían sido diferentes cuando era niña y, al mirar atrás, se siente agradecida por todas las experiencias que ha vivido.

Melissa se pierde en sus pensamientos mientras Dusky avanza entre la hierba alta. Cuando el caballo se detiene de repente, Melissa sale de sus pensamientos. "¿Qué te pasa, chico?", pregunta mientras le acaricia el cuello para intentar reconfortarlo. El caballo parece calmarse por un momento, pero tan pronto como Melissa suelta el arnés, Dusky relincha ruidosamente y se encabrita sobre sus patas traseras antes de estrellar sus cascos contra el suelo con fuerza.

El miedo empieza a invadir el pecho de Melissa, que se agarra con fuerza para intentar no caerse del caballo. Escucha un ruido sordo que proviene de debajo de ellos y se da cuenta de que debe de haber una serpiente de cascabel cerca. Vuelve a poner la mano sobre Dusky, que empieza a corcovear frenéticamente, tratando de escapar de la serpiente.

Melissa hace todo lo posible por sujetarlo, pero no es suficiente. Presa del pánico, Dusky la arroja al suelo. Cuando aterriza, su cabeza se estrella contra una roca, dejándola inmediatamente inconsciente.

***

Cuando Melissa abre por fin los ojos, se encuentra flotando sobre su propio cuerpo. Intenta estirar las manos temblorosas para volver a su cuerpo, pero no lo consigue. Le cuesta respirar y, antes de darse cuenta, llega una ambulancia y al menos cuatro personas saltan de la parte de atrás y empiezan a atenderla. No sabe cómo la han encontrado ni quiénes son, lo que le resulta inquietante.

Se mira el cuerpo mientras los paramédicos hacen todo lo posible por reanimarla. ¿De verdad va a acabar así mi vida? se pregunta. Aún no quiero morir. Aún me quedan muchas cosas por hacer en la vida. ¿Y Dusky? ¿Le mordió la serpiente? Todas estas preguntas y docenas más llenan su mente, sólo causándole más pánico.

Esta misma mañana estaba feliz y lista para empezar el día, y ahora le preocupa no volver a ver la luz del día. Por lo que ella sabe, está muerta, y no hay nada que los paramédicos puedan hacer para ayudarla. La idea le revuelve el estómago y cierra los ojos.

Al final, uno de los paramédicos consigue tomarle el pulso y, cuando se da cuenta, están subiendo su cuerpo a la ambulancia. Como el rancho está lejos de la ciudad, los paramédicos le explican que quieren trasladarla lo antes posible para que pueda recibir mejor atención.

Melissa no sabe qué pensar de todo esto y, cuando llega al hospital, se entera de que su cuerpo ha entrado en coma. Si aún estuviera allí, Melissa está segura de que ya habría roto a llorar. Lo único que quiere es despertarse y volver a ser como antes. Era feliz y ahora es como si le arrancaran todo.

Lo que más le duele es darse cuenta de que no puede hablar ni relacionarse con nadie. Está convencida de que ni siquiera pueden verla, lo que sólo hace que se sienta peor. ¿Por qué me ha pasado esto? ¿Voy a morir? ¿Le ha pasado algo a Dusky?

Las mismas preguntas pasan repetidamente por su cabeza mientras lucha por procesar lo que está sucediendo. Intenta recordar por qué está aquí, pero sus recuerdos son borrosos. Su madre y su padre están sentados a cada lado de ella, cada uno cogiéndole una mano.

"Te queremos más de lo que te imaginas", le dice su madre antes de besarle suavemente la mano. "Siento mucho lo que te ha pasado".

Antes de que nadie más pueda hablar, el médico entra en la habitación. "Hola, señor y señora Anderson. Por suerte, hemos podido mantener a su hija estable el tiempo suficiente para traerla aquí. Por desgracia, sus heridas son bastante graves. Ha entrado en coma y no sabemos cuánto tardará en despertar. Existe la posibilidad de que nunca despierte. Hacemos todo lo que podemos, pero en este momento no puedo prometer nada".

Melissa ve cómo se destroza el corazón de sus padres al recibir la noticia. Sin embargo, ella se siente aturdida. No tiene ni idea de cómo es posible todo esto y desearía poder encontrar una forma de hablar con sus padres. Tienen que saber que sigo viva, piensa. Por desgracia, no tiene forma de demostrarlo y, por lo que sabe, podría pasar mucho tiempo antes de que pueda salir del hospital.

Capítulo 2: Sola

Los padres de Melissa la visitan todos los días en el hospital, pero por más que intenta comunicarse con ellos, nunca la oyen. Su madre la coge de la mano y llora mientras ella se disculpa una y otra vez. Desde el accidente, su madre se culpa a sí misma. Melissa quiere decirle la verdad a su madre y hacerle saber que todo va bien, pero como no hay forma de que su madre la vea, todos sus esfuerzos son en vano.

"Tienes que dejar de culparte, amor", le dice su padre mientras coloca una mano sobre el hombro de su esposa. "Lo que pasó fue un terrible accidente, pero hemos criado a una hija fuerte y no me cabe duda de que saldrá adelante".

Su madre niega con la cabeza. "Sé que nuestra hija es fuerte, pero esto nunca habría ocurrido si no la hubiera enviado a la ciudad".

"Emily, mi amor, ella habría salido a cabalgar la hubieras enviado o no. Culparte no va a ayudarla. Habla con ella. He oído que a veces la gente en coma puede oír todo lo que pasa a su alrededor. Eso significa que aún puedes hablar con ella aunque no pueda responder".

Si supieran lo cierto que es eso, piensa Melissa. Le duele saber que nada de lo que haga ayudará a su madre. Poder verla y oírla, pero no tocarla ni hablar con ella es desgarrador. Melissa siempre ha estado muy unida a sus padres y ahora se siente perdida sin poder hablar con ellos.

Su madre mira a Melissa inconsciente en la cama del hospital. Está conectada a varias máquinas y tiene tubos y cables por todas partes. Incluso tiene la cara cubierta por un respirador. Recuerda que las enfermeras le dijeron que no podía respirar por sí misma, lo que la asustó, pero, por alguna razón, es lo único en lo que puede pensar ahora.

Se pregunta si así es como va a morir y lo que más desea es poder contarles a sus padres lo que ha pasado. Melissa puede sentir la angustia de su madre como un peso físico en el pecho mientras sus padres empiezan a recoger sus cosas para irse. No quiere que se vayan, pero sabe que no puede hacer nada para que se queden.

Una vez que se han ido, Melissa se sienta en la silla junto a su cuerpo y observa cómo su pecho sube y baja con cada respiración. No entiende cómo es posible todo lo que está experimentando. Melissa nunca había creído en fantasmas, pero aquí está, flotando mientras el resto de su familia llora por ella. Poder verse a sí misma desde fuera es una sensación extraña. No importa lo que haga, no hay nada que pueda hacer para cambiar nada. No es como en las películas. En lugar de sentirse libre para hacer lo que quiera, se siente perdida y sola. Sin embargo, mientras está allí sentada, se le ocurre una idea.

Espera, me pregunto si puedo volver a casa. Nunca he intentado salir de este lugar, así que tal vez todo lo que necesito hacer es caminar a casa. Sin mi cuerpo, esto debería ser mucho más fácil, ¿no?

Melissa sacude la cabeza, sintiéndose completamente loca. Una parte de ella se pregunta si todo esto no es más que un terrible sueño del que está a punto de despertar, pero algo le dice que no es así.

Echando un último vistazo a su cuerpo, Melissa se da la vuelta y sale de la habitación del hospital. Espera que las enfermeras vengan corriendo a preguntarle si está bien, pero recuerda que nadie puede verla. Sale del hospital sin problemas y encuentra el camino a casa. Tarda unas horas en llegar, pero cuando lo hace, una oleada de alivio se apodera de ella. Estar en casa después de todo lo que ha pasado le hace sentir mejor de lo que puede describir, aunque aún le duele saber que no puede hacer nada para ayudar a su familia a sentirse mejor.

Melissa entra en la casa y mira a su alrededor. Todo parece igual, aunque un poco más desordenado de lo habitual. Todo el mundo en la casa parece triste y distraído, y la culpa comienza a latir a través de ella. Aunque nadie la culpa de lo ocurrido, siente que ha abandonado a su familia.

Tiene que haber alguna forma de demostrarles que sigo aquí, piensa mientras mira alrededor de la habitación. Cuando sus ojos se posan en el salón, ve a su madre sentada con un libro, aunque no está segura de si lo está leyendo o no. A su lado hay una foto de Melissa con su vestido de graduación. Aunque parece que fue hace toda una vida, a su madre le encanta la foto y le dijo que la guardaría allí para siempre.

El recuerdo la hace sonreír y se le ocurre una idea. Usando su espíritu, Melissa se acerca a la foto e intenta tirarla al suelo. Sus dedos lo atraviesan las primeras veces, y empieza a preguntarse si es posible mover cosas o si sólo es algo que se ve en las películas.

Intenta concentrarse en el marco y vuelve a intentarlo, pero esta vez lo tira al suelo. Su madre se levanta sobresaltada y mira el cuadro. Se le llenan los ojos de lágrimas al recogerlo sin pensárselo dos veces. Melissa frunce el ceño cuando se da cuenta de que su madre cree que el cuadro se ha caído solo.

"Mamá, estoy aquí. No tienes que preocuparte por mí. Encontraré la forma de volver contigo, te lo prometo".

Por desgracia, sus palabras caen en saco roto. Más vergüenza y culpa la invaden. Quiere que todo vuelva a ser como antes, pero empieza a preguntarse si su cuerpo despertará algún día. Melissa se queda mirando a su madre durante varios minutos antes de regresar finalmente al hospital. Saber que su madre no puede oírla ni verla es demasiado doloroso.

Durante las dos semanas siguientes, Melissa hace todo lo posible por llamar la atención de su madre y su padre para que sepan que sigue ahí. Cada vez que hablan de ella, utiliza ráfagas de viento para abrir las ventanas y derribar cualquier foto suya. Sus padres se darían cuenta, pero nunca lo relacionarían. Suponen que tienen que arreglar las ventanas o asegurar las fotos.

Antes de que se dé cuenta, ya ha pasado un mes entero. Melissa sigue sin poder comunicarse con su familia y se pregunta si alguna vez despertará del coma. Todos los días se ve a sí misma tumbada y desea despertarse, pero es inútil. Nada de lo que hace funciona, y no tener a nadie con quien hablar es una tortura.

Cuando regresa al rancho una noche, ve que su padre ha contratado a un nuevo trabajador para cuidar de los caballos. Se llama Richard. Tiene unos 40 años y un pelo oscuro que le da un aspecto rudo. Melissa se queda mirando al apuesto vaquero cuando lo conoce y acaba dándose cuenta de que está allí para cuidar de su caballo.

Cuidar de Dusky siempre ha sido su parte favorita del día, y le duele saber que no puede hacer nada por él mientras esté en coma. Nunca culpa a Dusky de lo ocurrido y sólo agradece que su caballo esté bien y que haya conseguido evitar a la serpiente.

Al cabo de una semana, Melissa empieza a cuidar de Richard y Dusky todos los días. Pasan mucho tiempo juntos y a Melissa le gusta ver lo bien que trata a su caballo.

"Hola, colega", le dice cuando entra en los establos a las 7 de la mañana, la misma hora a la que entra todas las tardes. "Hoy vamos a dar un paseo. ¿Qué te parece?

Dusky relincha de emoción. "Eso es lo que quiero oír", dice Richard con una sonrisa en la cara. "Deja que recoja tus cosas y podremos poner en marcha este espectáculo". Sale de la caseta y recoge todo lo que necesita antes de volver con Dusky. No tarda mucho en ensillarlo y en pocos minutos ya está saliendo del establo con Dusky a su lado.

Melissa está sentada en la valla con una sonrisa en la cara. Como no puede relacionarse con los demás, le parece el momento más tranquilo del día. Aunque Richard no tiene ni idea de que está allí, ella está segura de que Dusky lo sabe. Richard se dispone a montar a Dusky cuando sus ojos se fijan en la parte de la valla donde está sentada Melissa.

Si no lo supiera, juraría que la está mirando. Cuando se acerca, sus ojos se agrandan y tiende la mano hacia ella. Ella cree que va a tocarla por un momento y siente una sacudida de ansiedad antes de desaparecer, sólo para reaparecer de nuevo en el hospital. La confusión se apodera de ella mientras contempla su espíritu, preguntándose qué ha pasado y cómo ha sido posible. Desde su accidente, había vuelto a pie al rancho todos los días, pero esta vez es como si se hubiera teletransportado.

Intenta aparecer de nuevo en el rancho, pero no ocurre nada. A pesar de todo, le emociona. Aunque sólo es un espíritu, se siente más viva que nunca. Hay algo en la forma en que Richard la mira que la hace sentir extraña. Es un hombre amable, trabajador y de buen corazón, o al menos eso es lo que se dice a sí misma. La forma en que se comporta con Dusky le reconforta el corazón, y desde el momento en que lo conoció supo que era especial.

Cada vez que piensa en él, se imagina su mano tendida hacia ella. Aunque sabe que probablemente no la vio, le gusta fingir que sí. El simple hecho de que él se acerque a ella es el mayor contacto que ha tenido en mucho tiempo. Cuando mira su cuerpo, frunce el ceño. Su cuerpo sigue conectado a las máquinas y, por lo que ve, no parece que vaya a despertarse pronto.

Haciendo acopio de confianza, Melissa regresa al rancho para ver si puede encontrar a Richard de nuevo. Cuando llega allí, el sol se ha puesto por completo, quitándole la mayor parte de la luz. Mira a su alrededor buscando a Richard, pero no le ve por ninguna parte. Al no verlo, entra en los establos y encuentra a Dusky dormido.

Sonríe al verlo. Estar cerca de él siempre la hizo sentir bien; incluso ahora, como sólo un espíritu, eso sigue siendo igual. Se ha unido a su caballo desde el primer día, y por eso nunca ha podido enfadarse por lo ocurrido. Como Richard no aparece por ninguna parte, Melissa vuelve la mirada al suelo, decepcionada. Aunque él no pueda verla ni oírla, a ella le encanta pasar tiempo con él y observarle mientras trabaja.

Melissa decide que debe de haberse ido a casa a pasar la noche y regresa al hospital. Cuando llega, se sorprende al ver a su madre sentada a su lado, cogiéndole la mano. "Sé que si estuvieras aquí me regañarías por haberme levantado tan tarde", le dice, con la voz quebrada como siempre que intenta decir algo molesto.

"¡No es demasiado tarde!" grita Melissa a oídos sordos. "Estoy aquí, mamá. Por favor, escúchame. I–"

Su madre rompe a llorar mientras aprieta suavemente la mano de su hija. La mujer está claramente destrozada por todo lo que ocurre a su alrededor. Melissa siempre ha admirado a su madre por lo mucho que se esfuerza por cuidar de todos. Nunca ha dejado que nada se interpusiera en su camino, aunque estuviera enferma, trabajando o cuidando de niños. De alguna manera, siempre lo hacía todo.

Aunque Melissa nunca apreció esto cuando era niña y crecía en el rancho, ahora que es mayor empieza a darse cuenta de que las cosas no siempre salen como la gente quiere. Como no está segura de si su cuerpo volverá a despertar, quiere hacer todo lo que pueda para ayudar en el rancho.

Capítulo 3: Nuevos amigos

Richard mira hacia la valla, preguntándose si la mujer que había visto volvería. Aunque es posible que no fuera más que un truco de magia, no quiere creer que sea verdad. Algo sobre la mujer encendió un fuego dentro de él, dejándolo desesperado por saber más sobre ella.

Dusky trota en su lugar y le da un codazo en el hombro. "Vale, de acuerdo. Podemos ir a dar una vuelta", dice. "Sé que te estás impacientando". Alarga la mano a su lado, saca un cepillo de su bolsa y empieza a cepillar a Dusky. "Sólo un poco más. Quiero asegurarme de que estás limpio y bien peinado antes de sacarte a pasear".

Sonríe mientras termina de cepillar a Dusky y le asegura el arnés y la brida. Justo cuando está a punto de montar el caballo, sus ojos se vuelven hacia la valla, donde ve a la mujer de la otra noche sentada. Sus ojos se abren de par en par y da unos pasos hacia ella, sin querer apartar la vista por miedo a que desaparezca. Dusky relincha excitado detrás de él. "Tú también la ves, ¿verdad, amigo?", le dice, sin dejar de mirarla. Es la mujer más hermosa que ha visto en su vida y abre la boca para hablarle, pero ella desaparece antes de que pueda pronunciar las palabras.

Richard frunce el ceño y se pregunta por qué no puede acercarse a ella. Aún puede ver su rostro en su mente y desearía saber más sobre ella. Aunque una pequeña parte de él cree que sólo dice cosas, la otra quiere conocerla. Aunque nunca se han visto, hay algo en ella que le atrae.

Al verla desaparecer en cuanto se acerca, se siente decepcionado. Tratando de apartar ese pensamiento de su cabeza, monta a Dusky y los dos se dirigen a su paseo diario. Cuando regresan, el sol está en lo alto del cielo. Lleva a Dusky de vuelta a los establos antes de dirigirse a la casa para descansar y tomar un poco de agua fresca.

Cuando entra en la casa, ve a Mark cocinando algo. "Hola", dice cuando ve entrar a Richard. "¿Quieres que te prepare algo a ti también?".

"Sería estupendo", responde antes de tomar asiento. "En realidad tengo algo de lo que quiero hablarte".

Mark lo mira y levanta una ceja. "¿Oh? ¿Qué podría ser?"

"Sé que puede parecer una locura, pero mientras cuidaba de Dusky, vi una foto de esta mujer", dice, eligiendo cuidadosamente sus palabras para que Mark no piense que está loco. "No sé si vive aquí o algo así, pero quiero hablar con ella".

"¿Viste una foto?", pregunta mientras termina de emplatar el primer plato y empieza a cascar más huevos en la sartén. "¿Qué aspecto tenía?".

Richard se lo piensa momentáneamente, intentando recordar cada detalle de su rostro. "Era delgada y tenía el pelo largo y oscuro. Si tuviera que adivinar, diría que rondaba la treintena. Su cara..."

Antes de que pueda terminar de hablar, Mark deja bruscamente lo que está haciendo para abrir uno de los cajones que tiene al lado y entregarle una foto a Richard. Se le seca la boca al mirarla. Efectivamente, se encuentra con la misma cara que había visto antes. "¿Quién es?", tartamudea.

"Es Melissa. Es mi hermana y Dusky es su caballo. Por desgracia, tuvo un terrible accidente. Dusky se asustó y la tiró de su lomo. Ahora mismo, está en el hospital en coma. Tu descripción de la chica de la foto coincidía con la suya, así que supuse que era a ella a quien habías visto. ¿Estaba en lo cierto?"

La confusión se arremolina en la mente de Richard. Si la chica está en coma, ¿por qué sigo viéndola? Nunca nos habíamos visto antes, así que tiene que pasar algo. ¿No es cierto?

No sabe muy bien qué pensar de la noticia y se pregunta si volver con ella es lo mejor. Por un lado, puede que haya encontrado a la mujer de sus sueños, pero por otro, empieza a preguntarse si se está volviendo loco. Volviendo a la realidad, Richard mira a Mark y asiente. "Sí, es ella", responde. "¿Dices que está en coma? Es horrible".

"Claro que sí. Nuestra madre se lo está tomando muy mal y se echa la culpa a sí misma, pero todos seguimos teniendo fe en que despertará". Después de sacar los huevos de la sartén y ponerlos en un plato, apaga el fuego. "Ah, y siento que hayas tenido que pasar tu primera semana sola. Brian debería volver mañana y te ayudará con cualquier cosa que no entiendas".

Richard sonríe. "No te preocupes, todo esto ya lo he hecho antes. Pero estoy deseando conocer a Brian. En fin, que pases buena noche", dice, deseoso de salir de casa para poder tener un momento con sus pensamientos.

¿Es que estaba viendo cosas? ¿Cómo podía saber cómo era Melissa si nunca la había visto?

Se debate entre ir al hospital a verla en persona, pero decide no hacerlo y opta por pasar la noche en casa. Richard se dirige a la litera que le han preparado junto a la casa. No es el más grande, pero es suficiente. Hay una pequeña cocina en una esquina y una cama en la otra. El cuarto de baño está pegado a la parte de atrás, pero a Richard le parece más que suficiente hasta que pueda hacer reformas, y agradece a los Anderson que le dieran la opción de ampliar su pequeño espacio vital.

Con Melissa aún en la cabeza, Richard se mete en la cama y se tapa con las sábanas. Con toda la emoción del día, se encuentra completamente agotado y consigue dormirse en cuestión de minutos.

***

A la mañana siguiente, Richard se levanta temprano. Ni siquiera ha salido el sol cuando comienza su nuevo ritual diario. Una vez vestido, se lava los dientes, echa café en su termo y se dirige a los establos. Cuando entra, se sorprende al ver que ya hay allí un hombre unos años mayor que él.

El hombre se da la vuelta y sonríe mientras inclina su sombrero de vaquero a modo de saludo. "Tú debes de ser Richard. Me han dicho que empezaste ayer y que has conseguido hacerlo todo tú solo. Es toda una hazaña, ¿sabes? En fin", dice mientras le tiende la mano a Richard para que se la estreche. "Me llamo Brian. Encantado de conocerte".

Richard le coge la mano y se la estrecha. "Yo también me alegro de conocerte. Llevo toda la vida trabajando en ranchos, así que no es muy difícil cogerle el truco a las cosas. Aunque, estoy seguro de que hay algunas cosas que hacéis de forma diferente aquí, así que me encantaría conocer el proceso correcto."

Brian sonríe. "Pareces justo el tipo de persona con la que quiero trabajar. Llevo 20 años trabajando aquí, así que si hay algo que hago de forma diferente a los demás, no tendría forma de saberlo. Mientras todo esté cuidado, el cómo no importa realmente a los Anderson. Por lo que veo, has hecho un gran trabajo, incluso estando sola toda la semana. Todo tiene un aspecto estupendo, y no he tenido que arreglar nada, así que ya lo estás haciendo mejor que nuestro anterior peón de rancho."

"¿En serio?", pregunta Richard, ladeando ligeramente la cabeza. "¿Qué le pasó al anterior?".

"Nada demasiado malo. El chico estaba lleno de sí mismo y rara vez nos ayudó a hacer algo. A menos que le dijéramos exactamente lo que tenía que hacer, se pasaba el día estorbando".

"Oh, vaya. Supongo que no duró mucho".

Brian se rió. "Estuvo aquí todo el maldito invierno del año pasado. Finalmente lo dejamos ir en primavera".

"Es bueno saberlo", responde Richard mientras se acerca a Dusky antes de echar un vistazo a la valla. Como no esperaba verla, cuando gira la cabeza, le pilla completamente desprevenido. Ahí está, igual que antes. Por mucho que quiera acercarse a ella y entablar conversación, sabe que no es una buena idea. Lo último que quiere es que Brian la vea, así que rápidamente vuelve a centrar su atención en Dusky. "Una vez que termine de cepillar el pelaje de este chico, estoy planeando llevarlo a dar un paseo. ¿Quieres acompañarnos?"

Brian sonríe. "Me parece una idea excelente", dice mientras empieza a cuidar del caballo que está en el establo junto al de Dusky.

"¿Ese caballo es tuyo?" pregunta Richard mientras pasa el cepillo por las crines de Dusky.

Brian niega con la cabeza. "No, no es mi caballo. En realidad, mi caballo murió hace unos meses. Desde entonces, me dedico a pasear por todas partes y a montar cuando puedo. Sé que debería conseguir otro caballo, pero tuve mi último caballo durante años, y no puedo conseguir otro caballo mientras sigo de luto."

"Puedo entenderlo", dice Richard mientras ensilla a Dusky. "Cuidar de estos animales todos los días no es lo que todo el mundo piensa. Nos unimos a ellos y llegamos a conocerlos. Cuidar animales es mucho trabajo, y perderlos es aún más duro. Siento mucho su pérdida".

Brain sonríe. "No hace falta que lo sientas. Crimson siempre fue un buen caballo. Tuvo una vida buena, larga y plena, y falleció mientras dormía, así que no fue doloroso. En algún momento tendré un caballo nuevo, sólo quiero asegurarme de que estoy preparado antes de dar el salto".

Los dos hombres conducen sus caballos fuera de los establos antes de mirar al cielo. "Parece que pronto lloverá", dice Richard antes de volver a mirar hacia la valla. La mujer, que se parece a Melissa, parece estar mirándole fijamente, aunque como sabe que está en coma, se pregunta si será sólo su mente jugándole una mala pasada. "Oye, ¿ves algo en esa valla de ahí?", pregunta, señalando justo hacia donde está sentada Melissa.

Brian mira a su alrededor antes de negar con la cabeza. "No veo nada.

¿Por qué? ¿Has visto algo?".

No queriendo parecer loco, Richard niega con la cabeza. "No. Pensé que sí, pero debe haber sido sólo un reflejo de algo".

"Si tú lo dices. Sólo recuerda que, puesto que vamos a trabajar juntos como compañeros, eso significa que tienes que esforzarte al máximo. Tengo claro que eres bueno en tu trabajo, así que hay posibilidades de que estés aquí mucho tiempo".

Richard sonríe. "Espero estar aquí mucho tiempo. Me encanta estar aquí y sé que soy más que capaz de completar el trabajo". Hace un gesto con la cabeza hacia Brian. "¿Qué hay de ti? ¿Qué te llevó a dedicarte a la ganadería? ¿Es algo que creciste haciendo, o es algo que empezaste cuando eras mayor?".

"Bueno", dice Brian, rememorando sus recuerdos. "Crecí en un rancho con mi padre. Mi madre murió cuando nací, así que nunca estuvo cerca. En cuanto tuve edad suficiente, hacía todo lo que hacía mi padre. Por desgracia, se vio obligado a vender el rancho cuando enfermó. Hizo lo que pudo para conservarlo, pero al final ya no pudo permitírselo. Fue entonces cuando conseguí mi trabajo aquí", dice con orgullo.

"Vaya, te debe gustar mucho estar aquí para llevar tanto tiempo".

"Me gusta. Aquí todo el mundo es genial; siempre que necesito algo, están ahí para ayudarme. Sinceramente, aquí me siento más como en casa que en el trabajo. Todos nos llevamos bien y trabajamos duro para que todo funcione bien".

Richard sonríe. "Parece exactamente el tipo de lugar en el que me encantaría trabajar. Sólo llevo aquí un día, pero de momento me encanta".

Los dos hombres continúan su charla mientras pasean a caballo por la propiedad antes de volver a los establos. Una vez que Dusky está dentro, Richard sonríe y mira a Brian. "Ahora tenemos que limpiar el lugar", dice, agitando la mano delante de su nariz.

Mientras Richard empuja la carretilla que acababa de llenar de desperdicios del establo, se da cuenta de que Melissa vuelve a estar sentada en la valla. Intenta acercarse a ella una vez más, pero al igual que la última vez, desaparece antes de que pueda acercarse demasiado.

Capítulo 4: Por fin vista

Melissa se mira el cuerpo en la cama del hospital, sin mejor aspecto que el día anterior. Lo que más desea es volver a ser como antes. Estar atrapada en un coma y viajar como un fantasma que nadie puede ver ni oír la hace sentir como si se estuviera volviendo loca.

Todos los días va al rancho y observa a Richard mientras trabaja. Rara vez le ve sin Brian, y siempre están riendo y hablando entre ellos. Ver que los dos vaqueros se llevan tan bien le hace sonreír, aunque le gustaría encontrar la forma de acercarse a Richard. Siempre que se sienta en la valla para observarle, nota que sus ojos se clavan en ella. Como nadie más puede verla, supone que él tampoco, aunque el hecho de que sus ojos siempre se fijen en ella le hace preguntarse si realmente es invisible para él.

Ha pasado casi una semana desde que Richard empezó a trabajar en el rancho, y cuanto más le escucha hablar con Brian, más curiosidad siente. Nunca había conocido a nadie como Richard y desearía poder hablar con él. En lugar de eso, se sienta en la valla y observa desde lejos.

"Creo que hoy terminaremos antes", dice Brian mientras termina de amontonar el resto de la basura de los establos en una carretilla. "Si lo hacemos, podremos ir al bar y pasar una buena noche. Además, esta noche nos pagan a los dos, así que ¿por qué no celebrarlo?".

Richard se ríe. "¿Qué vamos a celebrar?"

"A ti, por haber superado una semana entera de trabajo", responde con una sonrisa. "No mucha gente es capaz de hacer este tipo de trabajo. Vienen pensando que pueden ganar un buen dinero rápidamente, pero no es así. Cuidar de un rancho es un trabajo duro, algo que veo que entiendes bien".

Melissa sonríe mientras los observa. Aunque sólo se conocen desde hace una semana, congenian al instante. Siempre están riendo y bromeando entre ellos. Le hace sentir que la vida sigue yendo bien para su familia aunque su cuerpo esté en coma.

"Supongo que superar una semana de trabajo es digno de una celebración, pero sólo si pagas", bromea.

Brian finge sentirse ofendido. "¡Cómo te atreves a esperar que te invite a salir sin esperar que pague!". Aunque se esfuerza por parecer serio, no puede ocultar la sonrisa que se dibuja en su rostro. "De todos modos, volveré dentro de un rato. ¿Te importaría volver a comprobar que los caballos están bien para pasar la noche antes de que salgamos de aquí?".

"Sí, no hay problema", responde Richard antes de mirar directamente a Melissa.

Como ella aún no está convencida de que él pueda verla, levanta la mano y le saluda con la mano. Para su sorpresa, Richard abre los ojos y da un paso hacia ella antes de devolverle el saludo.

Le ha devuelto el saludo. ¿Significa eso que puede verme?

Melissa se endereza e intenta decir algo, pero Richard se queda confuso al ver que no sale ninguna palabra de sus labios. A estas alturas, está convencida de que él puede verla y decide que tiene que demostrárselo a sí misma.

Baja de la valla y da unos pasos hacia delante antes de señalar a Richard y luego a sí misma, como preguntándose si él puede verla. Melissa estaba segura de que su corazón se aceleraría si aún estuviera en su propio cuerpo.

Richard ladea ligeramente la cabeza mientras mira en su dirección antes de asentir. "Puedo verte", dice.

Melissa se queda inmóvil, completamente estupefacta por el hecho de que él haya respondido. Aunque sospechaba que podía verla, ahora que lo ha confirmado es diferente. Una parte de ella se pregunta si ha cometido un error al intentar interactuar con él, aunque al mismo tiempo agradece que ya no esté sola. Después de pasar un mes entero sola sin nadie con quien hablar, era agradable tener algo de compañía.

Vuelve a intentar hablar, pero no sale palabra de sus labios. Richard se acerca unos pasos y parece nervioso. "No oigo lo que dices, pero me encantaría hablar contigo. ¿Eres Melissa?"

Ella se sobresalta sorprendida cuando su nombre sale de sus labios. Aún incapaz de hablarle, se limita a asentir.

Richard frunce el ceño. "Siento lo que te ha pasado. Si te hace sentir mejor, he estado cuidando bien de tu caballo. Es un buen corcel, y estoy seguro de que está deseando que te recuperes del todo".

Melissa sonríe aún más. Aunque sus padres vienen a visitarla al hospital de vez en cuando, le preocupa que no crean que vaya a salir adelante. No poder decirles nada mientras lloran su pérdida es una de las cosas más duras que ha vivido nunca. Abre la boca para intentar saludar a Richard, pero no parece que él pueda oírla. Sin poder decirle nada, no está segura de cómo comunicarse.

"No te preocupes. No pasa nada si no puedes hablar", le dice con una sonrisa. "Todavía hay otras formas de comunicarse. ¿Has venido aquí todos los días desde tu accidente?".

Ella asiente con la cabeza. Aunque se siente aliviada por no pasar todo el tiempo en el hospital, también le duele estar en casa, donde nadie puede verla ni ayudarla. Sinceramente, ni siquiera está segura de por qué Richard puede verla. Le da esperanzas de que las cosas se arreglen, pero también se pregunta por qué él es el único que parece verla. Me alegro de que te sientas tan segura como para volver a casa. Dusky te ha echado de menos. Me lo dice todos los días", se ríe.

Melissa sonríe, pero Brian se acerca por detrás a Richard antes de que pueda hacer nada. "¿Estás listo para salir de aquí?", le pregunta, dándole una palmada en el hombro.

Richard asiente antes de volver a mirar a Melissa. Ella jura que parece triste, pero él rápidamente vuelve a prestar atención a Brian. "A mí me parece bien. Te he estado esperando".

"¿Has vuelto a comprobar los caballos?"

"Los caballos están bien", responde Richard. "Me enorgullezco de criar caballos sanos, ya sabes".

Brian rió entre dientes y montó en su caballo, haciendo una señal a Richard para que hiciera lo mismo. Melissa deseaba más que nada poder usar su voz para hablar con él, pero no podía hacer nada más. Como Brian no podía verla, Richard tendría que fingir que ella no estaba allí.

Observa cómo los dos hombres se alejan, dejándola sola una vez más. En cuanto desaparecen de su vista, Melissa ya echa de menos a Richard. Parece un buen hombre y quiere conocerlo. Sobre todo porque es él quien cuida de Dusky mientras está en coma y el único que puede verla. Aunque intenta por todos los medios no pensar en su coma, le preocupa constantemente que nunca despierte. Ya ha pasado un mes y no se siente más cerca de recuperarse.

Desearía que hubiera una forma de despertarse, pero nada de lo que ha hecho ha funcionado. Cuando está a punto de volver al hospital, ve a su hermano Mark salir de casa con cara de enfado. Cada parte de ella desearía poder ir corriendo a consolarlo como siempre había hecho, pero por ahora lo único que puede hacer es mirar y tirar algún que otro cuadro.

Después de verlo caminar un rato, decide seguirlo y ver qué está haciendo. Cuando se acerca, le oye murmurar algo en voz baja. A Melissa no le cuesta darse cuenta de que algo va mal, pero saber que no puede hacer nada para ayudarla la corroe. Durante más de un mes, ha visto cómo su familia la lloraba y, ahora que por fin las cosas se están calmando, a menudo se pregunta si el hecho de que esté en coma es una carga para el resto de la familia.

Mark se sienta bajo un viejo roble y saca un pequeño diario. Hasta ese momento, Melissa no sabía que llevaba un diario y se sienta a su lado para ver lo que escribe. Normalmente nunca invadiría así su intimidad, pero como él no puede verla, cree que es la mejor manera de aprender a ayudar a su hermano.

Mientras le observa, frunce ligeramente el ceño. Está escribiendo sobre ella y, al igual que su madre, se culpa de lo ocurrido. Ella intenta decirle que no ha sido culpa suya, pero le resulta imposible pronunciar las palabras. Por mucho que lo intenta, no tiene voz para hablar. También sabe que Mark no es capaz de verla y, una vez más, le invade una oleada de culpabilidad. Una parte de ella se pregunta si lo mejor para sus padres sería simplemente desconectar, pero enseguida descarta la idea.

Hay demasiadas cosas que quiere hacer, y la idea de morir y dejarlo todo atrás la asusta. Si muere y su trabajo se pierde, sentirá que su vida no ha servido para nada. Melissa no está acostumbrada a ganar siempre, pero tampoco a perder. Ha sido duro no ser más que un espíritu incapaz de hablar. La mayoría de las veces se aburre y busca constantemente nuevas formas de entretenerse.

El hecho de que Richard pueda verla le da un poco de esperanza, pero tras un mes en coma, empieza a preguntarse si despertar es posible. Después de sólo un mes, sabía que la recuperación sería brutal. Melissa no quiere pensar en ello, pero de todos modos lo tiene siempre presente. Todo lo que quiere es que las cosas vuelvan a ser como antes, pero algo le dice que nunca volverán a ser como antes.

Capítulo 5: Bailando bajo las estrellas

Cuando Richard vuelve de su paseo al bar con Brian, ve a Melissa en el establo, hablando con otro de los caballos. En cuanto le echa el ojo a Dusky, corre hacia él y, aunque no puede acariciarlo, relincha para hacerle saber que puede verla. Al menos este tipo también puede verme, piensa. Es reconfortante saber que al menos su caballo sabe que ella sigue cerca.

Richard desmonta y sonríe a Melissa. "Me alegro de volver a verte. Me preocupaba que no estuvieras aquí cuando volviera", dice. "¿Quieres hacerme compañía mientras trabajo en la limpieza de este lugar?".

Melissa sonríe y asiente, deseando que hubiera una forma de hablar con él. Tenerlo cerca la hace sentir menos sola y, aunque sigue enfadada por su situación, empieza a calmarse un poco. Al menos ahora no estoy completamente sola, piensa para sí misma.

"¡Genial! Tengo que avisar a Brian; ahora vuelvo". Le dedica otra sonrisa antes de darse la vuelta y salir del establo.

Mientras se aleja, Dusky se gira e intenta acariciar a Melissa.

"Lo siento, colega", le dice. "No creo que pueda acariciarte ahora". El caballo le lanza una mirada triste y trota en su sitio. Por un momento piensa que Dusky la ha oído y decide volver a intentarlo.

"¿Me oyes?", le pregunta.

Dusky no responde, lo que provoca más decepción. No poder comunicarse con nadie empieza a pasarle factura, pero sabe que no puede hacer nada más que seguir intentando despertar del coma. Mientras está sumida en sus pensamientos, Richard vuelve a entrar en el granero. "Lo siento", dice mirando a Dusky. "Vamos a quitarte todo eso de encima para que puedas relajarte".

Se acerca al caballo y le quita la silla y los arreos antes de conducirlo a su establo. Una vez que ha terminado de asegurarse de que Dusky está cómodo y de limpiar los establos, su atención vuelve a centrarse en Melissa. "Brian dijo que se iba a casa a pasar la noche. Todavía tengo algunas cosas que hacer antes de irme a dormir. ¿Quieres acompañarme?"

Melissa asiente. Me encantaría, piensa, deseando poder decirlo en voz alta. Ser incapaz de hablar definitivamente hace las cosas más difíciles, pero el hecho de que a Richard no parezca importarle mucho le trae un poco de tranquilidad.

"¡Genial!", responde antes de darse la vuelta para salir de los establos. "Primero, quiero asegurarme de que todo está listo para que los caballos salgan a pastar mañana. Así podremos limpiar los establos sin que estorben. Ya sabes cómo son los caballos". Se ríe antes de cruzar la verja y entrar en el prado.

Melissa cruza la puerta detrás de él y ve el pasto tan hermoso como siempre bajo el cielo nocturno. Se da cuenta de que Richard está orgulloso de su trabajo. Desde que empezó a trabajar, nunca le ha visto sin una sonrisa. No importa cómo vaya el día, siempre parece estar de buen humor.

Le observa mientras se pone los guantes, coge la pala y se pasea por el prado, recogiendo la basura y los excrementos antes de meterlos en una bolsa para que los caballos puedan recogerlos por la mañana. Incluso cuando recoge y limpia todos los desperdicios, mantiene una sonrisa en la cara. Mientras trabaja, habla con Melissa y le cuenta todo sobre sí mismo. "Sé que no puedes responderme, pero estoy muy agradecido de haberte conocido. Pareces una mujer fuerte y creo que puedes salir adelante".

"Cuando era joven, perdí a mi madre por un cáncer. Siempre estuvo ahí para mí, y tú me la recuerdas. Tienes los mismos ojos cariñosos y la misma sonrisa. Pasara lo que pasara, esa mujer siempre sabía cómo animarme, y lo creas o no, yo era un niño bastante salvaje". Se ríe entre dientes. "Trabajar en un rancho ha sido mi sueño desde que era pequeño. Sé que suena estúpido, pero me hace sentir bien cuidar animales y hacer cualquier otra cosa que tenga que hacer."

Melissa le sonríe. Puede ver la pasión en sus ojos cuando habla. Lo que más desea es poder responderle, pero por más que abre la boca para hablar, no le sale nada. Por frustrante que sea, Richard continúa hablándole. "Sé que no puedes responderme, pero gracias por quedarte y hacerme compañía. Ha sido un placer".

Termina de recoger los últimos excrementos del pasto y se dirige de nuevo hacia la puerta. "Por cierto, gracias por darme la oportunidad de cuidar de su caballo. Es muy dulce y me encanta trabajar con él. Cuando era niño, me encantaba ver a mi padre trabajar en el rancho, especialmente con los caballos. Con el tiempo, me dejó tomar el relevo. Cuidarlos era lo mejor del día, y presumía a todos en el colegio de cómo los cuidaba. Por aquel entonces, pensaba que eso me hacía parecer más guay de lo que realmente era. Siempre soñé con ser como mi padre y llevar un rancho. Esto es lo más cerca que he estado de este tipo de trabajo desde entonces".

Richard saca un teléfono del bolsillo y lo coloca sobre la valla, ayudándose de una piedra para mantenerlo apoyado. Pulsa unos botones y el dulce sonido de la música llena el aire. "¿Quieres bailar conmigo?", le pregunta tendiéndole la mano.

Los miembros de Melissa parecen adquirir mente propia, camina hacia él e intenta cogerle la mano. Como no consigue hacer contacto, se queda lo más cerca posible de él mientras él empieza a bailar. "Yo tampoco he sido nunca un buen bailarín", admite mientras casi tropieza un par de veces. "¿Te creerías que hubo un tiempo en mi vida en el que tomé clases de baile? Nunca se me dio bien, pero estaba decidido a hacerlo bien. Me llevó tres años de clases darme cuenta de que no era lo que estaba destinada a hacer con mi vida".

Cuanto más le escucha, más empieza a disfrutar a su lado. No se parece a ninguno de los hombres que ha conocido antes, y el hecho de que haga todo lo posible por conocerla a pesar de que ella no puede hablar no deja de sorprenderla. Todo en él le hace vibrar el corazón. Incluso sin su cuerpo físico, siente el efecto de su presencia.

Una parte de ella desearía despertarse para poder hablar, pero al mismo tiempo no está tan segura de querer volver a ser como antes. Después de todo, Melissa quiere encontrar un lugar donde establecerse y formar una familia. Es algo que ha deseado durante mucho tiempo, aunque nunca tuvo una relación lo bastante buena como para planteárselo. Le encanta el rancho, pero también desea independizarse algún día.

Cuando vuelve a la realidad, se da cuenta de que Richard sigue bailando con ella. Le gustaría poder hablar con él y decirle lo mucho que disfruta de su compañía, pero por ahora cree que puede conformarse con esto.

Pasa casi una hora hasta que Richard se separa lentamente de ella de una forma que parece que se está obligando a hacerlo. "Odio decir esto, pero tengo que irme a dormir. Voy a madrugar, así que necesito descansar. Dicho esto, espero que podamos vernos más mañana". Le sonríe antes de recoger sus cosas. "Espero que pases una buena noche", dice antes de quitarse el sombrero de vaquero y dirigirse hacia su coche.

Melissa lo observa atentamente mientras se aleja y, aunque una parte de ella quiere seguirlo, sabe que no debe hacerlo. En todo caso, necesita algo de tiempo para aclarar sus ideas. Regresa al hospital y se sorprende al ver a Richard sentado junto a su cuerpo. Tiene la mano de Richard alrededor de la suya y ve lágrimas en sus ojos mientras la mira. "Siento lo que te ha pasado", le dice. "Aunque nunca nos hemos conocido de verdad, sé que eres una persona maravillosa".

Más nerviosa que nunca, Melissa se sienta en la silla al otro lado de la cama. Richard levanta la vista al cabo de un momento para verla allí sentada y sonríe mientras se seca las lágrimas. "Cuando te despiertes, me encantaría que fueras a cenar conmigo", le dice con una sonrisa tímida.

¿Quiere ir a cenar conmigo? se pregunta Melissa.

Aunque le encanta la idea, no está segura de estar preparada para otra relación. Nunca se había sentido así por nadie, y menos en tan poco tiempo, y tiene miedo de que si decide enamorarse de él sólo para que le rompan el corazón, quizá nunca pueda volver a levantarse.

Ambos permanecen un rato en silencio antes de que Richard se ponga en pie y bese suavemente la frente de ella, aunque no pueda sentirlo. "Estoy deseando que llegue el día en que pueda oír tu voz", dice antes de echar una última mirada a su espíritu y salir de la habitación.

En cuanto lo pierde de vista, Melissa siente como si alguien le hubiera tirado una piedra al pecho. Desearía poder decir o hacer algo más. Sin embargo, antes de que pueda pensar mucho más en ello, los monitores conectados a su cuerpo empiezan a pitar. Melissa apenas tiene tiempo de asimilar lo que está ocurriendo antes de que la sala se llene de médicos y enfermeras.

Todos la rodean mientras su ritmo cardíaco empieza a aumentar. En cuestión de segundos, Melissa se siente atraída hacia su cuerpo. Es una sensación extraña que casi la hace sentir como si estuviera atrapada bajo el agua. Aunque oye a las enfermeras hablar entre ellas, no tiene ni idea de lo que dicen. El miedo empieza a apoderarse de ella a medida que se acerca a su cuerpo.

¿Voy a morir así? se pregunta. No quiero morir. Hay tantas cosas que quiero hacer con mi vida. ¿Qué pasará con mi familia si muero? ¿Estarán bien sin mí?

El pánico aumenta cuando su voz interior la ataca y amenaza con hundirla. A medida que se acerca a su cuerpo, siente cómo el dolor le sacude los huesos y le martillea la cabeza. Cada centímetro de su cuerpo parece arder, probablemente por haber permanecido tanto tiempo inmóvil. Una parte de ella no quiere reunirse con su cuerpo porque le preocupa que, una vez lo haga, la muerte la encuentre y se la lleve.

Nunca le había asustado la idea de morir, pero ahora que está tan cerca, empieza a preguntarse si no debería estar nerviosa. Incluso intenta retroceder contra las fuerzas que la arrastran hacia su cuerpo, pero nada parece funcionar. Melissa no tiene ni idea de lo que va a pasar, pero tiene la sensación de que no va a ser agradable.

Ni siquiera tiene la oportunidad de cambiar de opinión antes de sentir que su espíritu se desliza de nuevo dentro de su cuerpo, fundiéndolos de nuevo en uno. Por un momento se queda sin aliento y siente que se ahoga. Melissa intenta tomar aire, pero sólo siente dolor. Tarda unos instantes en calmarse y sus ojos empiezan a abrirse lentamente.

Al ver a todas las enfermeras revoloteando a su alrededor, se siente nerviosa y como si algo fuera mal. Intenta hablar, pero se queda sin palabras mientras las enfermeras siguen examinándola y controlando sus constantes vitales.

Melissa sabe que, como ha vuelto a su cuerpo, tiene la oportunidad de conocer a Richard cara a cara. Aunque las enfermeras le dicen que aún le queda mucho para recuperarse, siente una mezcla de nervios y emoción. Apenas siente dolor mientras las enfermeras trabajan y, cuando terminan de examinarla, empiezan a hacerle preguntas. Melissa responde lo mejor que puede hasta que se queda dormida después de tomar algunos medicamentos.

Capítulo 6: Fantasma

Cuando Melissa abre los ojos, se encuentra tumbada en la cama del hospital, su alma se ha reunido con su cuerpo. Aunque se siente aliviada, le duele el cuerpo de tanto tiempo sin moverse. Intenta incorporarse, pero un fuerte apretón en el hombro la retiene. Frunce el ceño y, al mirar junto a la cama, ve a su hermano Mark. Tiene los ojos enrojecidos e hinchados y supone que ha estado llorando, pero sabe que nunca lo admitirá.

"¿Qué ha pasado?", pregunta, con la voz baja y rasposa por la sequedad de la garganta.

Mark sonríe. "Estabas en coma. Cuando saliste a cabalgar con Dusky, una serpiente lo asustó y te derribó. Ha pasado poco más de un mes. Los médicos han dicho que aún quieren tenerte aquí para controlarte uno o dos días, pero que luego podrás irte a casa".

"¿En serio?", chilló ella.

Él asiente. "Pero primero tienes que pasar la evaluación de fisioterapia. Dicen que si no la apruebas, puede que tengan que enviarte a un centro de rehabilitación hasta que puedas volver a moverte por tu cuenta sin problemas."

"¿Creen que no podré moverme?". Vuelve a intentar incorporarse, sólo para darse cuenta de que Mark sigue agarrándole el hombro.

"No de inmediato", responde comprensivo. "Pero eres fuerte y sé que volverás a casa enseguida".

Melissa sonríe. Aunque acaba de despertarse del coma, los ojos ya empiezan a pesarle y, en unos minutos, vuelve a dormirse.

***

Cuando Melissa despierta, se da cuenta de que el sol ya empieza a ponerse. Mark ya no está a su lado y Melissa supone que se ha ido a casa. Gira la cabeza para intentar llamar a una enfermera cuando ve a Richard de pie a su lado, con los ojos muy abiertos. "Estás despierta", le dice, aparentemente incapaz de apartar los ojos de ella.

Ella asiente. "¿Qué haces aquí?

Él sonríe. "Me han dicho que te habías despertado y he venido a verte. Es bueno verte de verdad y no sólo tu fantasma". Se acerca y le da un ligero apretón en la mano.

"Me alegro de poder hablar contigo por fin", responde ella, sintiendo que el calor sube a sus mejillas mientras habla.

"Debería dejarte descansar un poco". Él se inclina y le besa suavemente la frente. "Cuando te sientas mejor, me encantaría conocerte mejor. Ahora que puedes volver a hablar, seguro que tienes un montón de historias fantásticas que contarme".

Melissa se ríe, con el pecho dolorido por el repentino movimiento. "Estaré encantada de contarte todas mis historias una vez que salga de este lugar".

"Trato hecho entonces". Le besa la mano antes de soltársela y salir de la habitación. Mientras Melissa lo ve alejarse, siente un aleteo en el corazón y desea que vuelva y se quede a pasar la noche.

***

Melissa tarda un poco más de lo esperado en volver a andar. Lo que ella creía que sólo le llevaría unos días se alargó más de un mes. La recuperación del coma fue horrible. Le ardía todo el cuerpo cada vez que se movía, y aprender a andar por sí misma le costó mucho trabajo.

Con el tiempo, consiguió eliminar la rigidez de las articulaciones y aflojar los músculos lo suficiente para volver a sentirse como antes.

Cuando por fin volvió a casa, se sentía como una mujer nueva. A pesar de la recuperación, Melissa seguía siendo positiva.

Richard vino a visitarla todos los días mientras se recuperaba, lo que la ayudó y se sintió cada vez más unida a él cuanto más tiempo pasaban juntos. Cuando él no estaba, Melissa lo echaba de menos y el tiempo parecía pasar como la melaza que gotea de una cuchara. Sin embargo, cuando él estaba cerca, el tiempo siempre parecía pasar volando y ninguno de los dos dejaba de sonreír.

"Me alegro de tenerte de vuelta en casa, hermanita", dice Mark cuando ella entra en la cocina para prepararse una taza de café. Es la mañana siguiente a su primera noche en casa y Mark está sentado a la mesa leyendo una de las listas de comprobación que había preparado para el rancho.

"Me alegro de estar en casa. No sé cuánto tiempo más podría haber seguido yendo a fisioterapia. Admito que me ayudó, pero también fue una de las experiencias más dolorosas de mi vida." Cuando termina el café, se sirve un vaso antes de sentarse frente a Mark. "¿Qué estás mirando?", le pregunta, señalando las listas que tiene delante.

"Intento averiguar qué necesitamos. Hoy voy a ir a la tienda a comprar algunas cosas. Puedes venir conmigo si quieres".

Melissa ladea la cabeza sorprendida. "¿Me llevarías contigo? Creía que odiabas llevarme a sitios".

"Normalmente, sí. Y no te hagas la tímida conmigo. Sabes que no te llevo a ningún sitio porque te comportas como una niña. Siempre quieres que gaste dinero extra en ti también. Esperaba guardar todo eso para cuando tuviera hijos".

La risa estalla en su garganta antes de que pueda detenerla. "Lo siento, pero la idea de que tengas hijos no me parece factible. Creo que nunca te he visto hablar con un niño".

"Que nunca haya hablado con un niño no significa que no quiera tener uno propio".

"Si tú lo dices, pero no lo creeré hasta que lo vea".

"¿Es eso un reto?"

"Podría serlo".

Los dos estallan en carcajadas justo cuando Richard entra con una expresión confusa pintada en la cara. "¿Qué estáis haciendo?", pregunta, sin saber qué pensar de la situación.

"Hablando de los hijos que Mark quiere tener cuando por fin tenga novia", responde Melissa entre risas.

Richard mira a Mark, que ahora tiene la cara roja de vergüenza. "Si necesitas una novia, sabes que estaré encantado de ser tu compinche", responde con una risita. "Y si no puedes encontrar una chica, ¡siempre está la adopción!".

Melissa se pone histérica. Nunca se le había ocurrido que su hermano tuviera un hijo. Siempre parece tan rudo y tosco por trabajar en el rancho, que le resulta difícil imaginárselo cuidando de un bebé. "Ahí lo tienes", dice, dándole una palmadita juguetona en el hombro a Mark. "Si decides adoptar, ni siquiera tienes que esperar a tener esposa".

Mark niega con la cabeza, aunque Melissa puede ver el atisbo de una sonrisa bailando por su cara. "No pienso adoptar a ningún niño. Voy a encontrar a la mujer perfecta y viviremos felices para siempre".

"Eso parece más bien un cuento de hadas que te acabas de inventar", responde Melissa.

"Oye, para que lo sepas, tengo una cita esta noche, así que puede que esta mujer sea mi futura esposa".

"¿Pensando en el matrimonio en la primera cita?". interviene Richard con una sonrisa cursi.

Mark se levanta de la mesa tras terminar su café. "Oye, no me juzgues. A veces la gente se enamora y todo sale bien". Se ríe antes de colocar los platos en el fregadero y dirigirse hacia la puerta. "De todos modos, me voy a la tienda. Avísame si necesitas algo".

Melissa observa a su hermano salir de la habitación antes de mirar a

Richard, que ahora está sentado en el asiento de al lado. "¿Qué tienes que hacer hoy?", le pregunta.

Él niega con la cabeza. "No mucho. Tengo que ocuparme de los caballos, nada más. Creo que Mark se encarga del resto. Si no estás segura, siempre puedes preguntarle a tu viejo".

Ella le sonríe. "Supongo que podría hacerlo. Aunque desde que llegué a casa, lo único que quiere es tratarme como a una flor frágil".

"Eres una flor frágil", responde él riendo. "Te estás haciendo más fuerte, pero entiendo por qué quiere mantenerte a salvo, sobre todo porque nadie sabía si despertarías o no".

"¿Creías que no iba a despertar?".

Sacude la cabeza. "No. Por eso fui a visitarte y recé por ti todas las noches. Agradezco haber podido conocerte y ayudarte a superar esto".

"Nunca había experimentado algo así. Poder verlo y oírlo todo -incluido mi viejo cuerpo- no me hizo sentir mejor. Hubo un momento en que incluso yo creía que nunca despertaría". Deja de mirar a lo lejos mientras rememora y se vuelve para mirar a Richard a los ojos. "Sinceramente, creo que fue tu voz la que me despertó. Antes de que empezaras a visitarme, me sentía completamente desesperanzada, pero tú me devolviste la esperanza".

Sonríe mientras toma su mano entre las suyas. "Siempre creí que despertarías, y si realmente soy yo quien te ha despertado, de nada". Le aparta un mechón de pelo detrás de la oreja y sonríe. "Sabes, siempre podemos volver a bailar ahora que estás mejor. Si quieres, incluso podríamos salir a cenar. Conozco un sitio..."

Melissa le interrumpe antes de que pueda terminar. "Eso se parece mucho a una cita", dice, sintiéndose nerviosa de repente. Aunque le gusta Richard, le preocupa lo que pueda pasar si las cosas no salen bien. Aunque quiere darle el beneficio de la duda, demasiada gente la ha herido demasiadas veces. Le cuesta aceptar la confianza.

Richard sonríe y le levanta suavemente la barbilla para mirarla a los ojos. "Si no quieres que sea una cita, no tiene por qué serlo. Aun así, me gustaría llevarte por la ciudad".

La sonrisa se le borra de la cara mientras le mira fijamente a los ojos. Más que nada, quiere decirle que no importa y simplemente evitar el tema, pero sabe que no puede. Aparta lentamente la cara de su mano y se mira el regazo. "No creo que salir con alguien sea la mejor idea para mí en este momento. Todavía estoy tratando de recuperarme, y después de mi última ruptura, no estoy segura de que mi corazón pueda soportar mucho más."

"No deberías tener que lidiar con esto sola. Has pasado por mucho y no tienes absolutamente nada de qué avergonzarte. Siempre estaré aquí cuando me necesites, pero sé que puedes cuidar de ti misma. ¿Qué le ha pasado a la hermosa y valiente chica fantasma con la que bailaba el otro día?".

Los nervios se apoderan de sus dedos mientras lucha por encontrar una respuesta. A pesar de que pasaron horas juntos antes de que ella despertara, sigue sintiendo que verlo en persona y poder alcanzarlo y tocarlo es extraño. Desde el momento en que lo conoció, lo único que deseaba era tenerlo cerca, pero había sido imposible. Ahora que ya no lo es, se pregunta cuán diferentes serán las cosas entre ellos. Por lo que ella puede ver, él todavía la mira con amor en los ojos. "No lo sé. Creo que todavía estoy intentando encontrarme a mí misma, y hasta que no lo consiga, no creo que salir con nadie sea una buena idea".

Rechazarlo no es fácil, pero sabe que necesita cuidarse antes de intentar asumir más responsabilidades. "Lo siento. I-"

"No tienes nada de qué disculparte. No me voy a ninguna parte, y si no quieres tener una cita ahora, entonces no tienes que hacerlo. Llevo toda la vida esperando a que aparezca el amor. Ahora que te he encontrado, te esperaré para siempre".

Capítulo 7: Desayuno familiar

Tras una larga noche dando vueltas en la cama, Melissa se levanta por fin y se pone la ropa para el día. Se mira en el espejo, se arregla la camisa y se acerca a la ventana. Todavía está oscuro, así que al menos no se ha quedado dormida.

Baja las escaleras, llena el termo de café y se dirige al granero. Para su sorpresa, Richard y Brian ya están cuidando de sus caballos. "Os habéis levantado temprano", dice mientras deja sus cosas. "Estaba pensando que me había levantado temprano. ¿A qué hora habéis llegado?" Mientras mira alrededor del establo, sabe que tienen que haber estado allí por lo menos una hora. Estaba impecable, lo que sin duda habría llevado algún tiempo.

"Estuve aquí sobre las tres", responde Brian riendo. "Después de tomarme un día libre, sentí la necesidad de volver cuanto antes. Sabes que odio estar lejos de este lugar".

Melissa se ríe. Desde que conoce a Brian, siempre entraba temprano en el trabajo y discutía con su padre sobre cómo no necesitaba descansar y podía seguir trabajando. Brian ha estado por aquí desde que ella podía recordar, y siempre ha sido un buen amigo de la familia. "Debería haber adivinado que volverías tan temprano. Sé que nunca puedes estar lejos".

Richard se ríe. "Llegué sobre las cuatro. Sinceramente, me sorprendió ver a Brian ya aquí. Sabía que volvería hoy, pero encontrarlo en el granero cuando aún estaba oscuro casi me da un infarto. Después de reírnos un rato, decidimos aprovechar el tiempo extra para limpiar los establos porque lo necesitaban. Los caballos también deberían estar más contentos ahora".

Sonriendo, Melissa se acerca a Dusky, que empieza a relinchar y a trotar en su sitio cuando la ve. Tras haber estado en coma durante un mes, le cuesta mantener a Dusky alejado de ella. Si era posible que él la siguiera, siempre estaba justo detrás de ella. Incluso un día saltó del prado para intentar saludarla.

Mientras acariciaba suavemente el hocico del caballo, se dio cuenta de que ya estaba cepillado y preparado para el día. La atención de Melissa se desvió inmediatamente hacia Richard, que estaba allí de pie con una sonrisa tímida. "No he podido evitarlo. Me acostumbré a cuidarlo cuando no estabas aquí. Me hacía ilusión verle esta mañana, así que pensé en prepararle el día para darte una sorpresa. Quizá más tarde podamos salir todos a dar una vuelta".

La mención de salir a dar una vuelta hace que le tiemblen las piernas. Aunque Melissa adora a Dusky, aún no está preparada para salir a montar de nuevo. "Creo que me quedaré aquí. Puedes salir con Dusky si quieres. Yo no me siento con fuerzas".

Montar su caballo solía ser una de sus partes favoritas del día, pero ahora las cosas son diferentes. No quiere arriesgarse a sufrir otro accidente y sabe que, si vuelve a caer en coma, es muy probable que nunca despierte. La idea le aprieta el pecho.

No es hasta que siente que Richard la agarra por el hombro cuando se da cuenta de que ha estado allí de pie, sumida en sus pensamientos. "¿Estás bien?", le pregunta con los ojos llenos de preocupación.

Melissa asiente. "Sí, sólo estoy un poco nerviosa por volver a subir a Dusky. No quiero despistarme otra vez".

Richard le aprieta el hombro y sonríe. "No pasa nada. No tienes que hacer nada que no quieras. Puedes quedarte aquí y relajarte todo el día, y eso también estaría perfectamente bien".

Brian se acerca y le sonríe. "Todos tenemos días malos. Los accidentes ocurren todo el tiempo, y cada uno se recupera a su propio ritmo. Tómate todo el tiempo que necesites. Cuando vuelvas al trabajo, todo volverá a su sitio. Tienes motivos para estar nervioso y no te avergüences de ello. Estas cosas nos pasan a los mejores. Estamos agradecidos de que estés bien".

Melissa sonríe mientras los dos hombres intentan animarla para que se sienta mejor. Tener demasiado miedo para montar a Dusky la hace sentir culpable, pero sabe que intentar montarlo cuando no está en condiciones sólo hará que las cosas sean más peligrosas.

Ayuda a los hombres a terminar con el establo y sonríe mientras montan sus caballos y cabalgan hacia las colinas. Cuando desaparecen de su vista, Melissa se dirige al interior para tomar un tentempié. Para su sorpresa, su padre se sienta a la mesa entre Mark y su madre. "¿Qué pasa?", pregunta, completamente sorprendida por todos ellos. Es raro verlos a todos en un mismo lugar, ya que la mayoría de los días están ocupados en el rancho.

"Estamos contentos de tenerte en casa", dice Mark, golpeando un bolígrafo en la mesa frente a ella.

"¿Ocurre algo?

Mark niega con la cabeza. "No, mamá sólo pensó que estaría bien compartir una comida juntos. Lo que no esperábamos era que llegaras tan tarde".

Melissa frunce el ceño. "¿Cómo voy a llegar a tiempo si no sabía que esto iba a pasar?".

"No te preocupes", dice su madre mientras acerca una silla. "Sólo quiero desayunar en familia como solíamos hacer. Echo de menos poder hablar contigo. Cuando estabas en coma, estaba preocupadísima".

"Lo sé, mamá", responde Melissa mientras toma asiento. "A mí tampoco me fue muy bien. No creo que vaya a montar en moto durante un tiempo".

"Es comprensible", dice su padre antes de meterse un bocado de huevos en la boca.

Mark lanza una mirada fulminante a su padre. "No es comprensible", responde, negando con la cabeza. Sus ojos se desvían hacia Melissa. "Tienes que volver a montar a caballo. ¿No es eso lo que dice el refrán? Bueno, en este caso, necesitas literalmente volver a montar a caballo. No puedes dejar que el miedo a lo que pasó domine tu vida".

"No lo hago. Es que creo que aún no estoy preparada para montar. Me da miedo. Cada vez que pienso en ello, me veo lanzada por los aires".

"Es normal que estés nerviosa", dice su madre. "Pero tu hermano tiene razón. Tarde o temprano, tendrás que volver a montar a caballo. Siempre te ha gustado montar a caballo y no puedes permitir que una tragedia te lo arrebate. Sé que te crié mejor que eso. Si necesitas algo de tiempo, lo entiendo, pero en algún momento tendrás que seguir adelante".

Melissa no está segura de cómo sentirse ante las palabras que está escuchando. Mientras que una parte de su mente cree que son correctas, otra parte de ella está preocupada por si la vuelven a herir. Por fin empieza a sentir que está recuperando su vida, aunque también siente que le falta una parte de ella, la parte de ella a la que le encanta montar.

Como no responde, su padre interviene. "Cariño, es comprensible que estés asustada. Tienes todo el derecho a tenerlo. Pero no deberías dejar que ese miedo te controle. Dime, ¿culpas a Dusky de lo que ha pasado?".

Sus ojos se abren de par en par. "¿Qué? Claro que no culpo a Dusky. Estaba asustado y reaccionó por instinto. En todo caso, fue culpa mía. No me di cuenta de la serpiente y tampoco intenté calmarlo. Estaba demasiado conmocionado para hacer mucho. Nunca culparía a Dusky de lo que pasó".

"De acuerdo", responde. "Entonces, ¿por qué castigarle por tus miedos? Ese caballo te quiere, y aunque se ha conformado con que Richard cuidara de él, sabe que debe estar contigo".

Melissa da unos bocados a su comida y piensa detenidamente en sus palabras. Es cierto que no culpa a Dusky de lo ocurrido, y no quiere que él sienta que lo castiga negándose a montarlo después del accidente. "Lo intentaré de nuevo".

"Pues será mejor que te pongas a ello", dice Mark. "Cuanto más esperes, más difícil será. No puedes dejar que las cosas malas de la vida te impidan hacer las cosas que te gustan". Se aparta de la mesa y recoge sus platos para llevarlos a la cocina. "De todos modos, tengo que irme. Tengo mucho que hacer hoy. Piensa en lo que te he dicho, ¿vale?". Sonríe a Melissa y se despide de sus padres con la mano antes de salir por la puerta principal.

Melissa desvía su atención hacia sus padres, que ahora están recogiendo el resto de los platos. "Si necesitas ayuda con los platos-".

"No te preocupes por los platos", interrumpe su madre. "Yo me encargo. Ve a pasar tiempo con los animales. Vuelve a familiarizarte con el rancho. Asegúrate de no trabajar demasiado".

"Si necesitas ayuda con algo, ven a buscarme", dice su padre mientras se pone la chaqueta. "Estaré en el pasto la mayor parte del día. Hoy tengo que recoger al caballo nuevo y trabajar para que se adapte".

"¿Vamos a tener un caballo nuevo? pregunta Melissa.

Él asiente. "Pensé que tu hermano te lo habría dicho. Vamos a comprar tres más. Son jóvenes, así que tendremos que entrenarlos, pero creo que sería bueno tener unos cuantos caballos más en el rancho. Tenemos algunos polluelos que vienen la próxima semana, también, si usted quiere encontrar un lugar para ellos para ir ".

"No me lo ha dicho, pero estoy deseando conocerlos más adelante. Me pasaré esta tarde para ver si puedo ayudar en algo". Melissa se despide de sus padres con un beso y sale de casa. Mira hacia los establos y ve a Richard saliendo con Dusky hacia el prado.

Sin perder tiempo, se acerca a él y le sonríe. "¿Qué tal el paseo?

Una brillante sonrisa se dibuja en su rostro cuando Richard gira la cabeza para mirarla. "Estuvo bien. Aunque creo que habría sido aún mejor si hubieras estado allí".

El calor sube a sus mejillas y rápidamente baja la mirada al suelo, no queriendo que él vea su piel enrojecida. "Tal vez un día de estos podamos cabalgar juntos", dice, casi susurrando.

"Me gustaría", dice él cuando llegan al prado. Abre la puerta para dejar pasar a Dusky y dirige toda su atención hacia Melissa. "Por cierto, ¿cómo te encuentras? Sé que aún te estás recuperando, pero parece que te sientes mejor".

Ella asiente. "La verdad es que me encuentro mucho mejor. Ha sido duro, pero por fin siento que vuelvo a ser la de antes". Melissa mira a Dusky mientras trota por el prado antes de encontrar un lugar cómodo a la sombra para pastar. "Sin embargo, estoy nerviosa por intentar montar de nuevo".

Richard sonríe. "No tienes de qué preocuparte. Si quieres volver a montar, estaré ahí para ayudarte. Si necesitas apoyo, yo soy tu hombre".

Melissa no puede evitar esbozar una sonrisa. Cuanto más tiempo pasa con Richard, más fuertes son sus sentimientos hacia él. Una parte de ella desea que estén juntos, pero otra aún no está segura de estar preparada para un compromiso tan grande. "Gracias. Tal vez mañana podamos intentarlo", dice ella, volviendo finalmente la vista hacia él.

"Mañana me parece perfecto". La sonrisa de Richard se ensancha mientras ella asiente con la cabeza.

Aunque ninguno de los dos dice nada durante los siguientes minutos, Melissa se encuentra en paz. Estar cerca de Richard siempre es reconfortante, sobre todo porque es la única persona que sabe por lo que ha pasado durante el coma. El hecho de que se quedara a su lado incluso después de que ella despertara le decía mucho de él, y quería conocerlo mejor ahora que por fin tenían la oportunidad de comunicarse.

Capítulo 8: Nuevas aventuras

Pasan unas semanas hasta que Melissa por fin es capaz de volver a montar a caballo. Los primeros intentos fueron brutales, ni siquiera podía subirse a la silla, pero ahora que ha recuperado parte de su confianza, está orgullosa de montar a Dusky. Le dice que lamenta no haber montado durante tanto tiempo. Para ella es estupendo volver a montar a caballo, aunque aún le queda un largo camino por recorrer antes de ser capaz de cabalgar sin miedo como solía hacerlo.

Pasaba casi todos los días con Richard, y la conexión entre ellos se hacía cada vez más fuerte. Una noche, después de terminar todas las tareas del día, Richard le coge la mano cuando ella se da la vuelta para marcharse y le pregunta si quiere pasar un rato con él antes de entrar en casa.

Cuando ella acepta, la lleva al prado y la estrecha en sus brazos. Las estrellas brillan sobre ellos mientras él empieza a tararear una melodía y a bailar con ella. "¿Recuerdas cuando bailábamos antes?", le pregunta mientras dirige el baile. "Es diferente ahora que puedo abrazarte como es debido".

Incluso sin música, Melissa se derrite en sus brazos mientras recorre el prado con él. Bailar con él de verdad no se parece a nada que pudiera haber esperado, y desea que el momento dure para siempre. "Es bonito", responde en voz baja. "La primera vez que bailamos fue la única vez que me sentí feliz después del accidente. Sinceramente, no estaba segura de si iba a morir o no. Estaba asustada y sola, pero tú me diste algo a lo que agarrarme. Me diste una razón para luchar".

Richard tira de ella más cerca mientras ralentiza el baile. "Me alegro de haberlo hecho. Eres una mujer fuerte, Melissa", dice mientras sus ojos se clavan en los de ella.

Sus rostros están a escasos centímetros y Melissa siente que su corazón se acelera. Quiere que la bese, pero también está nerviosa por no acercarse demasiado. Justo cuando abre la boca para decir algo, Richard vuelve a hablar. "Melissa, ¿me harías el honor de cenar conmigo?", le pregunta con un tono tranquilo y uniforme.

Aunque no está segura de estar preparada, no puede negarse. No cuando Richard ya ha hecho tanto por ayudarla. "Me encantaría ir a cenar contigo", casi susurra como respuesta. "Sólo dime cuándo y dónde, y me aseguraré de estar lista".

Una amplia sonrisa se dibuja en su rostro. "¿Qué tal ahora? Y podemos ir donde quieras".

Sorprendida por la espontaneidad de su petición, Melissa no puede evitar una risita. "Es casi medianoche, ¿y quieres ir a por comida?".

Él asiente. "Sí, quiero. Si quieres, claro".

"¿Sabes qué? Por qué no, vamos". Melissa nunca ha hecho algo así en su vida, pero hay algo en Richard que la atrae. Aunque no está segura de estar preparada para abrirse a una relación, no puede evitar admitir que sus sentimientos por Richard son cada día más fuertes. Cuanto más tiempo pasan juntos, más desea estar con él. Cada vez que están juntos, siente que su vida se va acomodando poco a poco.

En menos de media hora, ya están en el coche de camino al restaurante 24 horas más cercano. "Este es un sitio al que me encantaba venir con mis padres", dice mientras aparca su camioneta negra y azul en el parking. "Confía en mí; no te decepcionará".

Se acerca a su lado y le abre la puerta para que pueda ayudarla a bajar.

Cuando entran en el restaurante, el lugar parece tranquilo, y sólo hay unas pocas mesas con gente en ellas. "Esto es muy tranquilo por la noche, ¿verdad?". pregunta ella con una risita tímida.

Richard asiente. "Sí, lo es. Admito que no es el sitio más romántico ni el más bonito, pero la comida está de muerte".

Una de las camareras se acerca a ellos antes de que Melissa pueda responder. "Bienvenida", dice con una sonrisa. "Pueden tomar asiento donde quieran, y yo les traeré sus menús y tomaré sus pedidos de bebidas".

Ambos sonríen a la camarera y le dan las gracias antes de dirigirse a una de las mesas junto a la ventana. Aunque era fácil darse cuenta de que el local es antiguo, todo en su interior está perfectamente limpio. Incluso los viejos cuadros de las paredes estaban limpios y sin polvo. "Se nota que el dueño de este lugar lo cuida de verdad", murmura mientras mira a su alrededor.

"El dueño ama este lugar", responde Richard. "Los conocí una o dos veces. Antes lo regentaban un anciano y su mujer. Por desgracia, su mujer falleció hace unos años, pero él ha mantenido este lugar en funcionamiento desde entonces, así que algo tuvo que hacer bien".

La camarera deja los menús sobre la mesa y saca un bloc de notas y un bolígrafo. "¿Puedo servirles algo de beber?"

"Sólo tomaré un poco de agua", responde Melissa.

"A mí también me parece bien agua", dice Richard.

La camarera les sonríe y asiente con la cabeza antes de irse a por el agua. Melissa vuelve a mirar a Richard. "Gracias por traerme aquí. Me lo estoy pasando muy bien".

Se ríe entre dientes. "Aún no nos han traído la comida".

Melissa sonríe. "No pasa nada. Me gusta estar contigo. Eres la primera persona que me ve de verdad. Es hermoso y aterrador al mismo tiempo".

"¿Por qué aterrador?"

"Porque es desconocido. Si te soy sincera, nunca me había sentido así".

Sonríe. "Supongo que tiene sentido". Su expresión se suaviza y cruza la mesa para cogerle las dos manos mientras dice: "Melissa, me he enamorado de ti desde el momento en que nos conocimos. Puede que no haya sido capaz de abrazarte o tocarte como ahora, pero desde el segundo en que puse mis ojos en ti, empecé a enamorarme. Eres la única mujer que necesito, pero si todavía necesitas tiempo para resolver las cosas, estoy más que feliz de darte tu espacio".

Su respuesta no es la que ella esperaba, y cuando le dice que se está enamorando de ella, siente que su corazón se acelera. Lo que más desea es decirle que siente lo mismo. Decirle que le encanta pasar tiempo con él. Pero no puede. Después de todo lo que ha pasado, no está segura de estar preparada para una relación seria.

Sería un compromiso y significaría abrir su corazón. Algo que no ha querido hacer desde el brutal final de su última relación. Ninguno de los dos estaba preparado, y cuando rompieron, ella recuerda haberse sentado en el porche de la casa y haber llorado durante horas. Acababa de empezar a recuperarse antes de tener el accidente.

Aparta los pensamientos de su mente, vuelve a prestar atención a Richard y sonríe mientras le aprieta suavemente las manos. "Creo que es importante que sea sincera", dice, tratando de ordenar el desorden de su mente. "Mis sentimientos por ti son fuertes. Más fuertes de lo que han sido nunca por nadie. Pero no creo que ahora sea el mejor momento para pensar en estas cosas. Todavía hay muchas cosas de las que tengo que ocuparme, y..."

Antes de que pueda terminar de hablar, siente que el pulgar de Richard le pasa por debajo del ojo, eliminando la lágrima que intentaba ocultar. "No necesitas dar explicaciones, Melissa. Cuando estés preparada, estaré aquí. Incluso si nunca estás preparada, siempre me tendrás como amiga".

Melissa sonríe y el resto de la cena pasa en un abrir y cerrar de ojos.

Hablan de todo lo que se les ocurre. Melissa le cuenta historias de su pasado y de cómo solía correr por el rancho con su hermano cuando eran más jóvenes. Richard le cuenta cómo era su infancia. Sus padres tenían un rancho, pero aunque lo vendieron cuando eran mayores, Richard nunca se cansó de la vida en el rancho.

Le explica lo mucho que significa para él su trabajo y lo mucho que quiere a su familia. Ríen y comen y, antes de que se den cuenta, Richard ya la está llevando a casa. Melissa está triste porque la noche ha terminado. "Ha sido una de las mejores noches que he tenido en mucho tiempo", dice al llegar al rancho.

Richard sonríe mientras aparca el coche en la entrada. "Me alegra oírlo", dice mientras se inclina un poco más y sus ojos se clavan en los de ella. "Puede que esté fuera de lugar, pero me gustaría besarte, sólo si te parece bien, claro".

Melissa se da cuenta de lo nervioso que está y se ríe mientras asiente. "¿Cómo puedo decir que no?", dice, incapaz de rechazar la petición. Lleva pensando en besarle desde que se conocieron.

Ante la confirmación de su aprobación, Richard cierra el espacio entre ellos y presiona suavemente sus labios contra los de ella. Melissa siente que su pecho explota de emociones en cuanto se unen. Es como un millón de fuegos artificiales que estallan a la vez y no se parece a nada que haya experimentado antes. Se pregunta si éste es el sentimiento del que habla la gente cuando intenta explicar el amor.

Cuando él se separa, Melissa le mira fijamente a los ojos y sonríe. "Gracias por una noche maravillosa.

Él se ríe. "No tienes nada que agradecerme. Me siento honrado de haber tenido por fin la oportunidad de conocerte. Eres una mujer increíble, Melissa, y haré todo lo que pueda para asegurarme de que seas feliz y estés cuidada. Trabajar en el rancho con tu familia es mi sueño hecho realidad".

"Me alegro. Aquí todo el mundo te quiere y encajas perfectamente".

Richard sale del camión para poder abrirle la puerta a Melissa. "¿Quiere que la acompañe hasta la puerta, milady?", pregunta con una sonrisa.

Melissa resopla, incapaz de controlar la risa. "¿Mi señora? No creo que nadie me haya dicho eso antes, así que gracias por la interesante experiencia. Tendremos que repetirlo alguna vez". Le rodea con el brazo. "Y me encantaría que me acompañara a la puerta, buen señor". Melissa apenas puede contener la risa mientras él la acompaña hasta la puerta.

"Te veré temprano, Melissa", dice mientras le suelta el brazo de mala gana.

Ella siente un espacio vacío donde antes estaba su mano y le mira mientras él vuelve a la camioneta. "Buenas noches, Richard. Espero que descanses bien. Mañana nos espera un largo día".

Cuando ve que el camión se aleja, entra en casa y cierra la puerta antes de echar el pestillo. Para su sorpresa, Mark estaba sentado en la silla del salón, todavía despierto. "¿Te encuentras bien? pregunta Melissa mientras se acerca y se sienta a su lado. "Creía que ya habías terminado por hoy".

Él asiente. "Ya he terminado por hoy, pero nunca está de más adelantarse. Sólo quiero asegurarme de que todos los animales están atendidos y luego me iré a echar una siesta".

"¿De verdad crees que vas a tener tiempo para echarte una siesta? Hay mucho que hacer por aquí".

"Sabes que puedo manejarlo. Deja de actuar como si no pudiera". Esboza una leve sonrisa. "De todos modos, ve a descansar".

Melissa asiente y llega a su habitación, cerrando la puerta tras de sí. Mientras está tumbada en la cama, sólo puede pensar en su noche con Richard. Todo en él le parece perfecto, y sabe que no podrá ocultar los intensos sentimientos que crecen en su corazón durante mucho más tiempo. Aún no se siente preparada para estar con él, pero espera que algún día se anime a vivir una nueva aventura.

Capítulo 9: Inesperado

A la mañana siguiente, Melissa se dirige a los establos y se encuentra a Brian cepillando su caballo. "¿Dónde está Richard?", le pregunta mientras se acerca a Dusky.

"Acabo de hablar con él por teléfono", responde Brian. "Dice que anoche le dolía mucho, así que le dije que se tomara el día libre. Por supuesto, se negó a esta petición, así que supongo que estará aquí en unos veinte minutos más o menos." Brian termina de cepillar a su caballo y empieza a limpiarle los cascos. "No olvides que todos los caballos van a necesitar herraduras nuevas pronto, así que es posible que quieras asegurarte de que Dusky esté bien limpio antes de que eso ocurra".

Melissa asiente. "No te preocupes, ya te llevo mucha ventaja", dice mientras coge el cepillo y empieza a acicalar a su caballo. Después de todo lo ocurrido, Melissa echaba de menos cuidar de Dusky. Solía ser siempre su parte favorita del día, pero ahora las cosas eran diferentes.

Casi en el momento en que termina de cepillar a Dusky y de limpiarle los cascos, Richard entra a trompicones en el establo. Su respiración suena agitada y su piel está pálida, con una fina capa de sudor. "Buenos días", intenta decir antes de doblarse de dolor.

Sin perder tiempo, Melissa corre a su lado. "Richard, ¿qué te pasa? ¿Estás bien?

Él niega con la cabeza. "Quiero decir que sí, pero sería mentira".

Se vuelve hacia Brian. "Llama a una ambulancia, creo que aquí pasa algo grave".

Brian asiente y saca el teléfono del bolsillo. Melissa vuelve a centrar su atención en Richard. "Está bien", dice temblorosa. "Nos aseguraremos de que recibas ayuda". Se le llenan los ojos de lágrimas al mirarle. Pudo ver el dolor que le recorrió cuando se dobló sobre sí mismo, como si estuviera a punto de vomitar.

Todo lo que sucede durante la siguiente hora es un borrón. Cuando llegan los paramédicos, Melissa sube a la ambulancia con Richard y hace todo lo posible por consolarlo. Van corriendo al hospital y, según las enfermeras, el apéndice está a punto de reventar, por lo que hay que operarle de inmediato.

Melissa tiene los ojos clavados en el suelo cuando Brian se sienta a su lado. "He llamado a tus padres y a tu hermano. Han dicho que vendrán un poco más tarde para ver cómo está".

El sonido de su voz saca a Melissa de sus pensamientos. "¿Crees que va a estar bien? No crees que haya llegado demasiado tarde, ¿verdad?". Por primera vez en su vida, Melissa ha encontrado a alguien que se preocupa de verdad por ella. Cada momento que pasa con Richard es como mágico, y saber que existe la posibilidad de que todo le sea arrebatado antes de que pueda decirle lo que siente por él le rompe el corazón de una forma que nunca sería capaz de explicar con palabras.

Brian niega con la cabeza. "Creo que se pondrá bien. Este es un buen hospital, y Richard es un hombre fuerte".

Siente que el tiempo pasa más despacio mientras espera a que vuelvan las enfermeras con buenas noticias. Las palabras de Brian la ayudan a calmarse, aunque no puede evitar sentir miedo por Richard. Finalmente, aparecen su hermano y sus padres. Cuando llegan, Brian dice que tiene que ocuparse de unas cosas y que le mantenga informado. Los padres de Melissa prometen que lo harán y se sientan a ambos lados de ella. "¿Estás bien, cariño?", le pregunta su madre.

"No lo sé", responde Melissa con sinceridad. "Ha estado a mi lado desde que me desperté del coma. Me ha hecho la vida mucho más fácil y Dusky le adora. Sólo quiero que esté bien". Ella no puede evitar patearse mentalmente por no haber aceptado estar con él antes de que esto sucediera. A pesar de sus sentimientos, siempre creyó que era una mala idea, pero ahora que existe la posibilidad de que no vuelva a verle, empieza a darse cuenta de lo rápido que pasa el tiempo y de que le quiere más que a nada.

Cuando había estado en coma, le había parecido una eternidad, pero ahora que estaba viva de nuevo, las cosas eran diferentes. Todo lo que se necesita es un segundo, y las cosas que más amas pueden ser arrancadas en un abrir y cerrar de ojos. La idea le hace llorar, pero su madre no tarda en secárselas. Su padre la rodea con los brazos y tira de ella.

"Sé que es duro para ti, pero Richard es un hombre fuerte y no me cabe duda de que lo superará sin problemas. Es una operación muy común. A la gente le pasa todo el tiempo, y él volverá a la normalidad en poco tiempo".

Melissa sonríe, aunque sabe que sólo intenta hacerla sentir mejor. Antes de que pueda abrir la boca para responderle, la enfermera sale al pasillo. "¿Estáis todos aquí por Richard?", pregunta mientras se acerca a ellos.

"Sí, ¿está bien?" exclama Melissa antes de que nadie tenga la oportunidad de decir nada.

La enfermera sonríe. "Se va a poner bien. Ha salido del quirófano y está descansando. Puede visitarlo dentro de una hora si quiere".

"Me encantaría", dice antes de mirar a sus padres. "¿Te vas a quedar?".

Su padre niega con la cabeza. "Ojalá pudiera, pero todavía tengo trabajo que hacer en el rancho". Mira a la enfermera. "Muchas gracias, y por favor, hágale saber al doctor que le estoy agradecida por salvar a mi futuro yerno".

El calor sube a las mejillas de Melissa, que al instante desvía la mirada hacia el suelo para intentar ocultar su rostro sonrojado. Él se ríe y le da una palmada en el hombro. "Te veré cuando llegues a casa, cariño".

Su madre se levanta a su lado y le da un abrazo. "Si necesitas que te lleve a casa más tarde, llámame. Lo único que tengo que hacer hoy es la compra, así que estaré lista para cuando llames".

Melissa sonríe a sus padres y asiente mientras se seca más lágrimas de los ojos. "Gracias a los dos por estar aquí". Mira a su madre. "Os llamaré cuando esté lista".

Observa a sus padres mientras cruzan la puerta y dirige su atención hacia el pasillo por el que había visto bajar a Richard en camilla. No poder ver lo que está pasando empieza a volverla loca, pero hace todo lo posible por aparentar calma.

A Melissa le parece que ha pasado una eternidad antes de que la enfermera vuelva a acercarse a ella. "Si lo desea, puede venir a visitarlo ahora. Acaba de despertarse. Tenga en cuenta que aún puede sentirse un poco aturdido".

Melissa se levanta y asiente. "Sí, me encantaría verle; gracias".

"Por supuesto, sígame", dice la enfermera.

Melissa se levanta y coge su bolso antes de seguir a la enfermera por los pasillos. Finalmente, llegan a una habitación llamada "Habitación 40". Entra justo después de la enfermera y ve a Richard tumbado. Las máquinas pitan a su alrededor, pero está despierto. Hola", le dice mientras se sienta junto a la cama. "¿Cómo te encuentras?

Él sonríe y le coge la mano. "Me encuentro muy bien. Menos mal que vine cuando lo hice".

La enfermera interrumpe antes de que pueda responder. "Tengo que tomarle la tensión y comprobar sus constantes vitales rápidamente", dice mientras saca un tensiómetro y se lo coloca en el brazo. "Intente quedarse quieto mientras lo comprobamos para que podamos obtener los resultados más precisos".

Mientras funciona el manguito, la enfermera le ausculta el corazón, le toma la temperatura y le da un analgésico. Cuando se detiene el manguito, mira el monitor y registra los resultados. "Tiene buen aspecto", dice mientras termina de escribir sus notas. "Volveré dentro de un rato".

Y de repente, la enfermera sale por la puerta. Volviendo su atención hacia Richard, Melissa no puede evitar sonreír. Se siente aliviada de que esté bien, aunque también tiene pensamientos contradictorios. Lo que siente por él es más fuerte que nunca y, aunque sigue teniendo miedo de iniciar una relación, lo último que quiere es perder su oportunidad.

Se da cuenta de que Richard podría haber muerto y todo lo que tenían se habría esfumado. Melissa quiere construir más recuerdos con él y tal vez incluso pasar su vida con él. "Me alegro mucho de que estés bien", dice, secándose una lágrima de la mejilla antes de que él pueda verla. "Siento que te haya pasado esto".

"¿Por qué lo sientes?", pregunta él con una risita. "En todo caso, esto es culpa mía. Me iba a explotar el apéndice y, en lugar de ir al hospital, hice lo que pude para aguantar. Sin embargo, como no quería morir, pensé que el hospital era el lugar adecuado. Aunque, ya que estoy aquí, agradecería algo de compañía".

Melissa sonríe y se levanta, con la mano aún en la suya. "Richard, creo que quiero probar", dice en un susurro apenas audible. Los nervios empiezan a dominarla, aunque hace todo lo posible por reprimirlos.

Sus ojos se abren ligeramente. "¿Qué quieres decir con eso?", pregunta, aunque Melissa aún puede ver la chispa en sus ojos.

"Ya sabes lo que quiero decir", responde ella con una risita. "Verte casi morir me hizo darme cuenta de que no quiero desperdiciar el tiempo que tengo contigo. No te pareces a nadie que haya conocido antes y quiero estar contigo".

Richard sonríe ampliamente. "Si es así, ya sabes que siempre serás bienvenida en mis brazos", le dice mientras los abre de par en par para estrecharla en un abrazo.

Ella tiene cuidado de no tocarle la herida y, antes de que pueda decir nada, Richard tira de ella y aprieta los labios contra los suyos. Al igual que antes, Melissa siente que en su pecho estallan fuegos artificiales. Todas sus preocupaciones desaparecen de repente y siente que está exactamente donde debería estar. Por primera vez en mucho tiempo, siente que por fin todo encaja.

Capítulo 10: Campanas de boda

Cuando Richard sale del hospital, vuelve al trabajo. Melissa acaba de cepillar a Dusky cuando se da la vuelta y ve a Richard en la puerta. "Hola, preciosa", le dice antes de entrar y estrecharla entre sus brazos. Ha pasado poco más de una semana desde su apendicitis y, a pesar de todas las preguntas de Melissa, él insiste en que está bien para volver al trabajo.

"¿Seguro que te encuentras bien?", le pregunta ella por enésima vez. "No deberías esforzarte demasiado. No quiero que te hagas daño".

Sus labios se unen a los de ella antes de que pueda terminar de hablar. Una sonrisa se dibuja en sus labios mientras se separa y le mira fijamente a los ojos. "No tienes que preocuparte de que me hagan daño, cariño. Si no estuviera bien, no estaría aquí". Se endereza. "En realidad, estaba pensando que hoy sería un buen día para dar un paseo. Podemos llevar los caballos al prado".

Melissa asiente. "Me encantaría. Acabo de limpiar a Dusky, así que sólo tengo que ensillarlo. ¿Y tu caballo? He oído que piensas montarlo hoy".

Richard asiente. "Así es. Está atado fuera. Te veré allí cuando termines de ensillar a Dusky". Sonríe antes de darse la vuelta y salir del establo.

Arroja la silla sobre Dusky, la asegura en su sitio y comprueba que tiene todo lo que necesita antes de sacarlo del establo. Una vez fuera, sus ojos se desvían instantáneamente hacia Richard. Nunca antes había visto su caballo y no puede apartar los ojos de él. "Tu caballo es precioso", dice, completamente asombrada. Su caballo le responde relinchando. Su crin era larga y negra, cayendo en cascada por su cuello, y su pelaje era de un intenso color castaño con remolinos de blanco y rojo en múltiples lugares.

"Gracias. Es un poco viejo, ya que lo tengo desde hace tiempo, pero es fiable y siempre te llevará adonde quieras".

Melissa puede ver el orgullo en sus ojos cuando habla de su caballo, y eso le arranca una sonrisa. Respirando hondo, dirige su atención hacia Dusky y le da unas palmaditas en el cuello. "No sé lo bien que irá esto, colega, pero vamos a intentarlo".

Aunque ya ha pasado un tiempo desde su accidente, todavía le resulta difícil montar la mayor parte del tiempo. Siempre tiene miedo de salir despedida y, aunque quiere volver a confiar en Dusky, sabe que es algo que tendrá que conseguir con el tiempo. Antes de que pueda seguir pensando en ello, Melissa se traga el miedo y monta en su caballo. Su corazón late con fuerza contra su pecho, pero lo ignora mientras mira al apuesto vaquero que tiene a su lado. "¿Estás listo?" Pregunta, tratando de mostrar más confianza de la que siente.

"Estoy listo cuando tú lo estés", responde él con una sonrisa.

Empiezan a caminar hacia el pequeño sendero que conduce al campo cubierto de hierba. Melissa apenas recuerda cuándo fue la última vez que estuvo allí, aunque sabe que Dusky ha estado unas cuantas veces con su padre y una o dos con Richard. "¿Qué te ha hecho decidir que quieres subir al prado?", le pregunta, mirándole.

Él responde con una sonrisa. "Tuve la sensación de que sería el lugar perfecto para nosotros. Nunca hay nadie allí y pensé que estaría bien pasar un rato los dos solos".

"Eso suena bien", responde con una risita. "Hace una eternidad que no subo, así que supongo que me toca".

Richard se ríe y los dos hablan durante todo el camino. Cuando por fin llegan al final del sendero, Melissa sigue intentando calmarse de tanta risa. Nunca en su vida nadie la había hecho reír como Richard, y en ese momento sabe que él es el hombre con el que debe estar.

Una vez que llegan al hermoso campo verde, Richard desmonta su caballo y lo engancha al poste junto a él. Melissa hace lo mismo con Dusky y se da la vuelta para encontrar a Richard arrodillado, con una pequeña caja negra en las manos.

Melissa siente que el corazón le da un vuelco y lo único que puede hacer es mirarle fijamente mientras las lágrimas amenazan con caer de sus ojos. "Melissa Anderson, ¿quieres casarte conmigo? Abre la caja y en el centro hay un precioso anillo de oro y diamantes. Todo en él es perfecto, y es todo lo que ella puede hacer para no echarse a llorar.

Cuando por fin consigue serenarse, Melissa asiente, incapaz de controlar las lágrimas que llenan sus ojos. "Sí, me encantaría casarme contigo, Richard", dice con la voz entrecortada.

Richard sonríe mientras coge el anillo y se lo coloca con cuidado en el dedo antes de levantarse para mirarla a los ojos. "Melissa, te quiero. Quiero pasar el resto de mi vida contigo. Ese anillo es mucho más que un anillo. Es una promesa de que no importa lo que la vida nos depare, siempre estaré aquí para ti".

Una vez que el anillo está en su dedo, Melissa lo mira por un momento antes de tirar de Richard en un fuerte abrazo. "Para esto me has traído aquí, ¿verdad?".

Él se ríe. "Por supuesto. ¿A qué otro sitio te llevaría para pedirte matrimonio? Tú y yo sabemos que este rancho es tu lugar favorito en el mundo".

Los dos se quedan abrazados unos minutos antes de tomar asiento en la hierba. Pasan la mayor parte del día hablando mientras sus caballos pastan en el campo. Antes de que Melissa se dé cuenta, el sol ha empezado a ocultarse bajo las nubes. Richard y Melissa se abrazan mientras observan cómo los bellos colores se adueñan del cautivador cielo de Montana.

***

Aunque sólo han pasado tres meses desde que Richard le propuso matrimonio, Melissa está lista para seguir adelante con la boda. Mark y sus padres la ayudan a hacer planes y hacen todo lo posible por quitarle la mayor parte del estrés. Al enterarse de que Richard y ella se han prometido, toda la familia empieza a preguntarle y a felicitarla con curiosidad. "¿Significa esto que pronto tendré unos cuantos nietecitos correteando por aquí?". le pregunta su madre mientras se acerca por detrás para ayudarla a arreglarse el vestido. "Sin presiones ni nada, sólo creo que estaría bien volver a tener pequeños por aquí".

Melissa se ríe. "Yo no aguantaría la respiración. No pienso tener hijos hasta dentro de dos o tres años".

Su madre sonríe y le besa la mejilla. "Estoy muy orgullosa de ti, Melissa. Has superado muchas cosas y estoy muy orgullosa de llamarte hija. Esta boda será preciosa". Se aleja de Melissa y la mira de arriba abajo. "¿Qué te parece éste?", pregunta, señalando el vestido que lleva.

Tratando de verse mejor, Melissa se gira y se mira en el espejo. Aunque el vestido no le queda perfecto, sabe que su madre lo arreglará. El vestido es de color blanco cáscara de huevo, con vellón en las mangas y un elegante bajo. No es demasiado ajustado y, de todos los vestidos que se ha probado, éste le parece mucho más cómodo. "Creo que este vestido es perfecto". Dice, volviendo su atención a su madre. "¿Podrás ajustarlo?".

Su madre sonríe. "Por supuesto. No me llevará mucho tiempo y no es nada que no pueda arreglar. De lo único que tienes que preocuparte es de cuidarte. Este día es tu día, y no dejaré que lo arruines corriendo y tratando de hacer tareas".

"¿Te he dicho alguna vez que eres la mejor madre del mundo?".

"Sí, pero no me importaría oírlo más a menudo", responde riendo.

"Me parece justo", dice Melissa. "De todos modos, tengo que terminar de arreglarme. Papá también dijo que había algo de lo que quería hablarme".

"Me parece bien. La boda empieza dentro de unas horas y no quiero que llegues tarde. Tampoco quiero que te ensucies antes de la ceremonia".

"No te preocupes, seré rápida", dice antes de besar a su madre en la mejilla. "Te dejaré el vestido para que puedas arreglarlo". Melissa se quita el vestido y se pone una camiseta y unos pantalones cortos antes de salir de casa y dirigirse al prado, donde encuentra a su padre entrenando a uno de los caballos nuevos.

"Hola, papá", le dice, intentando llamar su atención. "¿De qué querías hablarme?

Él se gira al oírla hablar y sonríe. "Sé que hoy es tu día y que estás emocionada por tu boda. Sabes que estaré allí apoyándote, pero necesito saber si quieres que te lleve al altar".

Melissa se queda sorprendida. "¡Claro que quiero que me lleves al altar!", suelta. "Eres mi padre. No quiero que me lleve nadie más que tú". Puede ver cómo se le llenan los ojos de lágrimas, lo que hace que los suyos se humedezcan aún más.

Antes de que pueda decir nada, su padre la abraza con fuerza. "Te quiero, cariño, estoy muy orgulloso de ti y me alegro mucho de que te cases con alguien a quien amas de verdad. Todos aquí estamos para apoyarte, así que si necesitas cualquier cosa sólo dímelo".

Melissa lo abraza más fuerte. "Gracias, papá".

Al cabo de un rato, Melissa se encuentra de pie en la cocina con su madre, ultimando los últimos detalles de su maquillaje. "¿Ya casi terminamos?" Pregunta, dándose cuenta de que empieza a acercarse la hora de inicio de la boda.

"Sólo una cosa más... ¡Ya está! Ya estás lista", dice mientras deja la caja de maquillaje a su lado. Coge el espejo de la mesa y lo gira para que Melissa pueda ver cómo se ha peinado.

Al verse, Melissa casi rompe a llorar. No hace mucho había estado en coma, preocupada por no poder despertar nunca. Ahora, por fin, empieza a desperezarse y está orgullosa de casarse con su mejor amiga.

Al cabo de unos minutos, su padre se acerca, vestido de gala y con una sonrisa de orgullo. "¿Estás lista? Todos están ya en lo alto de la colina esperándote".

Melissa respira hondo y asiente. "Sí, estoy lista".

Él sonríe y la coge del brazo para guiarla hacia la puerta. En cuanto salen, empieza a sonar la música de la boda, y ella se da cuenta de que sus padres han contratado a una pequeña banda para que toque la música. Como no se le había permitido ayudar en todo durante la fase de planificación, no tiene ni idea de dónde se está metiendo.

Un montón de amigos y familiares a los que no ha visto en años se reúnen alrededor del campo cubierto de hierba mientras el padre de Melissa la lleva al altar. Al final, ve a Richard de pie esperándola. Tiene una amplia sonrisa en la cara y parece a punto de llorar.

Al verle allí de pie, Melissa siente que se le escapan algunas lágrimas y corren por sus mejillas. Al verlo allí esperándola, sabe que por fin ha encontrado a su alma gemela. Cuando su padre llega hasta el altar, besa a su hija en la mejilla antes de sentarse.

La ceremonia que sigue es preciosa y va mucho más allá de lo que ella esperaba. Ambos lloran mientras se leen los votos y, cuando le dicen a Richard que bese a la novia, la estrecha y la rodea con sus brazos mientras el calor de sus labios se aprieta contra los de ella.

Todos los invitados aplauden y Melissa no puede evitar sonreír mientras mira fijamente a Richard a los ojos. "Tengo una sorpresa más para ti", le dice mientras le coge la mano. "Ven conmigo".

La lleva colina abajo, donde les esperan sus caballos recién preparados. Dusky lleva incluso una pajarita y sus crines han sido bellamente trenzadas. "¿Esta es tu sorpresa?" pregunta mirando a su nuevo marido.

Richard sonríe. "No del todo. He alquilado una casa de vacaciones para nuestra luna de miel. Tiene un establo para los caballos y todo está listo".

Melissa sonríe y le besa una vez más antes de montar a caballo. Cuando los dos están listos, Melissa saluda a su familia, que la aclama. Puede ver a su madre y a su padre llorando, e incluso Mark parece a punto de echarse a llorar. Melissa se alegra. Sabe que éste es exactamente su lugar y se siente afortunada de que su vida haya sido así.

Después de despedirse, Melissa y Richard intercambian sonrisas de amor y se alejan hacia el atardecer.